Una promesa navideña

UNA PROMESA NAVIDEÑA

Anne Perry

Traducción de Borja Folch

EDICIONES B
GRUPO ZETA

Barcelona • Bogotá • Buenos Aires • Caracas • Madrid • México D.F. • Montevideo • Quito • Santiago de Chile

Título original: *A Christmas Beginning*

Traducción: Borja Folch

1.ª edición: noviembre 2008

© 2007 by Anne Perry
© Ediciones B, S. A., 2008
    Bailén, 84 - 08009 Barcelona (España)
    www.edicionesb.com

Printed in Spain
ISBN: 978-84-666-3902-6
Depósito legal: B. 41.475-2008

Impreso por LIMPERGRAF, S.L.
Mogoda, 29-31 Polígon Can Salvatella
08210 - Barberà del Vallès (Barcelona)

A quienes persiguen sueños imposibles

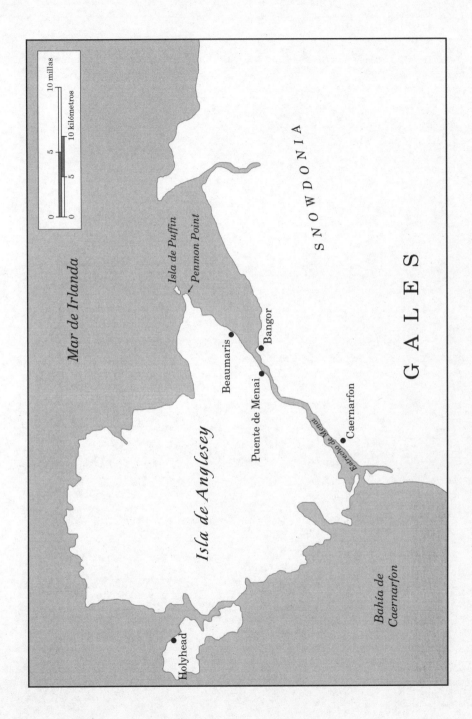

Mar de Irlanda

Isla de Anglesey

Isla de Puffin

Penmon Point

Beaumaris

Bangor

Puente de Menai

Caernarfon

Estrecho de Menai

SNOWDONIA

GALES

Bahía de Caernarfon

Holyhead

10 millas

10 kilómetros

5

5

0

0

De modo que aquello era la isla de Anglesey. Runcorn se detuvo en el cabo escarpado, contempló las montañas de Snowdonia en el Gales continental, al otro lado de las aguas del estrecho de Menai, y se preguntó cómo se le había ocurrido ir allí, solo, en diciembre. El aire era frío y cortante, cargado de la sal del mar. Runcorn era londinense, estaba acostumbrado al traqueteo de los carros de caballos sobre el adoquinado, al resplandor de las farolas de gas al anochecer. Cada día lo envolvían las voces cantarinas de los verduleros ambulantes, los gritos de los vendedores de periódicos y los conductores de toda clase de vehículos, desde cupés hasta carros, y en el aire flotaba un olor a humo y estiércol.

Aquella isla remota debía de ser el lugar más solitario de Gran Bretaña, todo colinas desnudas y agua dura y brillante, y un profundo silencio que sólo rompía el gemido del viento en la hierba. El esqueleto negro del puente de Menai poseía cierta armonía, pero la suya era una elegancia fría, no como la de los arcos de perfil bajo que cruzaban el Támesis. A sus espaldas, las pocas luces que parpadeaban en el pueblo de Beaumaris indicaban algo muy distinto de la vasta ciudad a la que estaba habituado, rebosante de las pasiones, los pesares y los sueños de millones de almas.

Por descontado, la razón que lo había llevado hasta allí era muy simple. Runcorn no tenía otro lugar concreto donde pasar la Navidad, ningún pariente. Vivía solo. Conocía a mucha gente, pero se trataba de colegas más que de amigos. Se había ganado los ascensos hasta convertirse, cumplidos los cincuenta, en comisario de la Policía Metropolitana, cargo que lo distanciaba de sus antiguos compañeros de trabajo. Pero, a diferencia de los agentes de su mismo rango, no era un caballero. No poseía el refinamiento, la confianza, la facilidad de palabra ni la soltura que implica el no tener que preocuparse de lo que la gente piense de ti.

Sonrió para sus adentros mientras plantaba cara al azote del viento. Monk, que había sido colega suyo muchos años atrás y uno de sus pocos amigos, tampoco había nacido caballero, y aun así se las había ingeniado para, de un modo u otro, parecerlo. Eso antes le dolía, pero ya era agua pasada. Sabía que Monk también era humano y, como tal, vulnerable. Podía cometer errores. Y quizás el propio Runcorn fuese más prudente.

El último caso en el que habían trabajado juntos había sido difícil y, en última instancia, peligroso. Ahora Runcorn estaba cansado de la ciudad y le correspondían varias semanas de permiso. ¿Por qué no pasarlas en un lugar lo más diferente posible? Despejaría la mente lejos de lo conocido y predecible, daría largos paseos al aire libre y pensaría en profundidad, para variar.

El sol se empezaba a poner por el suroeste y derramaba su ardiente resplandor sobre el agua. La tierra se oscurecía al difuminarse el color, y los cabos se adentraban negros y morados en el mar. Sólo las tierras altas, con pálidas estrías como de terciopelo arrugado, seguían captando los últimos rayos de luz.

¿Cuánto duraba allí el crepúsculo invernal? ¿Acaso tardaría poco en perderse, incapaz de ver el camino de regreso al lugar donde se alojaba? Ya hacía un frío glacial. Tenía los pies entumecidos. Tras dar media vuelta, echó a caminar hacia el cielo oscuro del este. ¿En qué quería pensar? Era bueno en su trabajo, paciente, quizás un poco pedestre. Nunca sufría arrebatos de brillante intuición, pero llegaba a donde se lo proponía. Había tenido mucho más éxito que cualquiera de los jóvenes que habían empezado con él. De hecho, su propio éxito le había sorprendido.

Pero ¿era feliz?

Estúpida pregunta, como si la felicidad se pudiera adquirir y poseer para siempre. A veces era feliz, como por ejemplo cuando un caso se cerraba y sabía que lo había hecho bien, que había hallado una verdad difícil sin dejar ningún atisbo de duda que luego lo atormentara, ninguna despiadada pregunta a medio responder.

Era feliz cuando se sentaba junto al fuego al final

de una larga jornada, ponía los pies en alto y comía algo suculento, como una empanada de huevo y jamón con la corteza bien gruesa o salchichas picantes con puré de patatas. Le gustaba la buena música, incluso la clásica en ocasiones, aunque jamás lo reconocería por si la gente pensaba que se estaba dando aires. También le gustaban los perros. Un buen perro siempre le hacía sonreír. ¿Bastaba con eso?

Ahora sólo alcanzaba a ver la carretera ante sus pies. Pensó en el inmenso puente que, a sus espaldas, cruzaba el embravecido oleaje. ¿Y el hombre que lo había construido? ¿Había sido feliz? Sin duda, había creado algo de lo que maravillarse y cambiado la vida de la gente en el futuro.

Runcorn había esclarecido unos cuantos casos, pero ¿alguna vez había construido algo, o siempre utilizaba los puentes de otras personas? ¿Adónde lo llevaban sus pasos? Tan sólo a casa a acostarse. Esa noche lo haría en una pensión. Era cómoda. Dormiría bien, como de costumbre. Desde luego, estaba bien caldeada, y la señora Owen era una buena mujer, generosa por naturaleza.

❦

La mañana siguiente amaneció cruda y fría, aunque un pálido sol se levantaba penosamente sobre el horizonte, lechoso a través de un fino velo de nubes que la señora Owen le aseguró que no tardaría en desvanecerse. La escarcha era sólo un polvillo blanco esparcido aquí y allá, suficiente para hacer que los hoyos destacaran en el prado largo e irregular que se extendía hasta el gran tejo del final.

Runcorn tomó un desayuno abundante y conversó un poco con la señora Owen, porque la cortesía exigía mostrar interés mientras ella le hablaba sobre algunos lugares y costumbres locales. Después salió de nuevo a caminar.

Esta vez enfiló cuesta arriba, ascendiendo con paso seguro hasta casi mediodía, momento en que volvió la vista hacia el cielo despejado y el mar brillante a lo lejos.

Se quedó allí un buen rato, absorto en la enormidad del paisaje, y luego fue bajando poco a poco. Estaba de regreso en las afueras de Beaumaris cuando dobló un recodo de la carretera y se encontró cara a cara con un hombre alto y delgado, de inusual elegancia incluso con un grueso abrigo de invierno y sombrero. Tenía treinta y tantos, era apuesto e iba afeitado. Ambos se detuvieron y se miraron. El hombre pestañeó vacilante, aunque le sonaba el rostro de Runcorn.

Runcorn lo identificó al instante, como si se hubiesen visto tan sólo una semana antes. Pero hacía más, mucho más. Fue por un caso de suicidio con visos de asesinato. John Barclay vivía a la sazón en una casa cuya trasera daba a las caballerizas donde habían hallado el cuerpo. Sin embargo, no era a Barclay a quien

Runcorn recordaba, sino a su hermana viuda, Melisande Ewart. Incluso allí, en medio de aquel camino radiante y ventoso, Runcorn podía ver su semblante como si fuese a ella a quien tenía delante, no a su arrogante y poco servicial hermano.

—Disculpe —dijo Barclay más bien tenso, rodeando a Runcorn como si no se conocieran de nada para seguir calle arriba alargando el paso. Pero a Runcorn no le había pasado por alto el desagrado de Barclay al reconocerlo.

¿También estaría allí Melisande? Si era así, a lo mejor la vería, aunque sólo fuera por un momento. ¿Seguiría teniendo el mismo aspecto? Su manera de sonreír y su tristeza lo habían obsesionado a lo largo del año transcurrido desde que se vieran por última vez.

Era ridículo que aún siguiera pensando en ella. Si Melisande se acordaba de él, sería como el policía resuelto a hacer su trabajo sin miedos ni favores, aunque quizá con un atisbo de gentileza. Fue su valentía, el desafío a su hermano para identificar el cadáver y subir al estrado, lo que cerró el caso. Runcorn siempre se había preguntado qué precio habría pagado después por haber contrariado a Barclay. Él nada pudo hacer para echarle una mano.

Reanudó su paseo siguiendo la curva de la carretera hasta la primera casa del pueblo. ¿También estaría allí instalada? Apuró el paso de manera inconsciente. El sol brillaba, de la escarcha no quedaban más que gotas de rocío en la hierba.

¿Cómo iba a averiguar si Melisande estaba allí sin que sus ansias trascendieran? Estaría fuera de lugar preguntar por ella como si tuvieran trato social. Él era un policía que había investigado una muerte. Verla resultaría vano y doloroso en demasía. Se reprochó aquella actitud y se dijo que era un idiota por haberlo siquiera pensado.

Se dirigió deprisa hacia su pensión, hacia la seguridad que ofrecían el comedor de la señora Owen y la animada charla de los desconocidos.

Pero Runcorn no dejó de pensar en Melisande. El tiempo se mostró un poco más benigno y, por primera vez, no heló durante la noche. Vio que más de cien pájaros picoteaban en un campo, y un granjero le dijo que eran tordos. Abundaba el amarillo de los tojos en flor y no faltaban algunas prímulas. Caminó bajo el sol y el viento, en una o dos ocasiones bajo la lluvia, y al cabo de un par de días ya se había familiarizado con la costa al este y el oeste de Beaumaris, y había elegido unos cuantos rincones predilectos: hondonadas a resguardo del viento, orquídeas cuya hermosura lo dejaban sin aliento, recoletas charcas entre rocas donde encontrar las más extrañas conchas y algas.

El domingo se puso el único traje formal que había llevado consigo y acudió al oficio matutino en la iglesia más cercana al punto de la carretera donde se había tropezado con John Barclay. Era un edificio de piedra con grandes vidrieras y una campana que repicaba con viento racheado y resonaba hasta en los campos del otro lado del pueblo.

Runcorn sabía por qué acudía allí como atraído por un imán. El motivo no tenía nada que ver con el culto a Dios, pese a que entró cruzando las grandes puertas de madera tallada inclinando la cabeza, sombrero en mano, con una mezcla de reverencia y esperanza que hizo que el corazón le latiera más deprisa.

El interior de la antigua iglesia tenía el suelo de piedra y un techo muy alto cruzado por macizos arcos ojivales de madera labrada. La luz era neblinosa, y los sonidos, silenciosos. El colorido de las vidrieras iluminadas mostraba las estaciones del Vía Crucis y lo que parecía una mujer siguiendo a la figura de Cristo por la calle. Se arrodillaba para tocarle la túnica, y a Runcorn le vino a la memoria un relato bíblico sobre curación, aunque no recordó los detalles.

Los feligreses ya estaban sentados, y él buscó sitio en un banco lateral. Observó con interés, bajó la cabeza cuando Barclay pasó junto a él y la levantó de nuevo con súbita decepción al constatar que Melisande no iba con él. Aunque no había ninguna razón para que ella estuviera en aquella isla azotada por el viento con su yermo esplendor, su costa agreste, sus pájaros y el rugir del mar. ¿Qué iba a hacer allí una bella mujer?

Entonces otra mujer completamente distinta, de unos veintitantos, pasó junto al extremo de su banco y prosiguió pasillo adelante. Se movía con una gracilidad excepcional, casi fluida, como si en vez de pisar el duro suelo de piedra con sus botines anduviera descalza por la hierba o la arena fina de una playa. Llevaba la cabeza erguida y, cuando se volvió, su rostro reflejó una alegría secreta, como si sólo ella supiera algo que nadie más acertaba a comprender. Iba de un verde tan oscuro que se diría casi negro, y el pelo moreno escapaba del sombrero que, ladeado con desenfado, parecía haberse puesto en el último momento sin prestarle demasiada atención. Sus ojos eran grandes y marrones como la turba. Runcorn se fijó en ese rasgo pese a que ella sólo lo miró un instante.

La recién llegada prosiguió hasta la primera fila y tomó asiento junto a una mujer mayor, de unos cincuenta años, que se volvió para saludarla con una sonrisa afectuosa.

De pronto, Runcorn reparó en el movimiento de un hombre sentado un par de bancos más adelante que se giró para mirar a la joven con una intensidad nada apropiada en una iglesia. Sus rasgos eran regulares y tenía una magnífica mata de pelo, espesa y de un tono caoba. Habría sido guapo de no ser por una tirantez de labios que le confería un aire de mezquindad. Debía de faltarle poco para cumplir los cuarenta.

Si la joven fue consciente de la atención de aquel hombre, no dio la menor señal de ello; en efecto, parecía indiferente a cualquiera de las personas que tenía en derredor a excepción del párroco, que acababa de hacer su entrada. De mediana edad, tenía un pálido rostro ascético con la frente despejada y los mismos ojos marrón oscuro de la muchacha de verde. El oficio comenzó casi de inmediato con el consabido y tranquilizador ritual. El párroco llevaba el acto con gravedad y, en cierto modo, como si fuese un hábito al que estuviera tan acostumbrado que no le exigiera ni por asomo dedicarle plena atención. Runcorn empezó a preguntarse si habría manera de escapar antes del sermón sin que su partida resultara groseramente evidente, y llegó a la conclusión de que no. Así pues, decidió distraerse estudiando a los presentes.

El hombre de delante de Runcorn volvió a girarse para mirar a la joven. Había demasiada emoción en su rostro para creer que tan sólo la estuviera admirando. Tenía que conocerla, y tenía que haber habido algún conflicto entre ellos, al menos por parte de él.

¿Y de ella? Runcorn no podía verla porque miraba adelante, atenta al sermón que el párroco acababa de iniciar. El tema era la obediencia; una cuestión fácil para la que encontrar montones de referencias, aunque no tan simple para insuflar vida o afecto o para que pareciera pertinente en Navidad, ahora a menos de dos semanas vista. Runcorn se preguntó por qué diablos lo habría elegido el párroco, pues resultaba singularmente inadecuado. No obstante, reflexionó Runcorn, él no conocía a los feligreses. Tal vez allí había toda clase de pasiones desbocadas que la obediencia mantendría a raya. Quizás el párroco fuese un buen pastor que hacía lo posible por conducir ovejas descarriadas a pastos seguros.

Barclay también miraba a la joven de verde y, por un momento, su rostro reflejó un ansia inequívoca. Runcorn casi se avergonzó de haberla visto. ¿Dos hombres cortejando a la misma mujer? Bueno, eso debía de ocurrir en todos los pueblos de Inglaterra.

No había prestado atención al oficio. No tenía ni idea de qué se disponía a hacer el coadjutor ahora que se había levantado; sólo reparó en que su rostro era radicalmente distinto del semblante del párroco. Mientras el de más edad era estudioso y disciplinado, este hombre parecía voluble y soñador. Aunque con veinte años recién cumplidos, había una aguda inteligencia en él. Miró a la joven y sonrió. Acto seguido, como si le hubiesen pillado en un renuncio, apartó la vista. Ella se volvió un poco y Runcorn acertó a ver, pese al breve instante en que mostró su perfil, que correspondía a la sonrisa, no con nostalgia, como una amante, sino con viveza y alegría, como una amiga.

Runcorn jamás sabría qué maraña de sentimientos vinculaba a aquellas personas. Había acudido a la iglesia porque pensaba que Barclay estaría allí y, aunque pareciera absurdo, quizá tendría ocasión de ver a Melisande. Le gustaría pensar que era feliz, fuera lo que fuese lo que la había entristecido en Londres. La idea de que siguiera enfrentada a alguna clase de padecimiento le pesó tanto que sintió una opresión en el pecho, como si una correa le impidiera llenar los pulmones de aire. ¿Dónde estaba Melisande? No podía preguntar a Barclay si su hermana estaba bien. Además, cualquier respuesta que éste le diera tan sólo sería una mera formalidad. Los de su clase no hablaban de salud ni de felicidad con mercachifles, y había dejado perfectamente claro que, para él, Runcorn y los demás policías venían a ser los basureros de la sociedad. Con esas mismas palabras lo había expresado.

Los feligreses se levantaron de nuevo para entonar otro cántico. El organista era bueno y la música desgranaba una potente y alegre melodía. A Runcorn le gustaba cantar, tenía una voz sonora y se le daba bien seguir una tonada.

Fue cuando se disponía a tomar asiento otra vez, un momento o dos después que los fieles que tenía a su izquierda, cuando vio a Melisande. Estaba lejos de Barclay, pero no cabía duda de que era ella. Runcorn jamás olvidaría su rostro, la delicadeza que encerraba, los ojos claros, la alegría y la pena tan a flor de piel.

Ella lo miró con súbito y gran asombro. Sonrió y, acto seguido, la timidez le hizo apartar la vista.

A Runcorn le dio un vuelco el corazón, la iglesia pareció dar vueltas a su alrededor, y se sentó en el banco tan pesadamente que la mujer que tenía delante se volvió para fulminarlo con la mirada.

¡Melisande estaba allí! ¡Y se acordaba de él! Aquella simple sonrisa era mucho más que el mero saludo a un desconocido sorprendido observándola. Era algo más que cortesía, había transmitido un afecto que Runcorn sentía arder en su fuero interno.

El resto del oficio transcurrió para él como un rumor de sonidos borrosos, hermoso y sin sentido como la mancha de colores que el sol pintaba al atravesar las vidrieras.

Después aguardó bajo la resplandeciente quietud invernal mientras los feligreses salían del templo, estrechaban la mano al párroco y pululaban intercambiando saludos y cotilleos.

Alguien reparó en el forastero y lo invitó a que se presentara. Runcorn fue a su encuentro, sin pensar qué decir, y se encontró dando la mano al párroco, el reverendo Arthur Costain, diciendo su nombre pero no así su rango en la policía.

—Bienvenido a Anglesey, señor Runcorn —dijo Costain, sonriendo—. ¿Pasará con nosotros estas Navidades o tal vez se queda más tiempo?

En ese preciso instante Runcorn tomó su decisión. Melisande y Barclay ya sabían su profesión, pero no se lo diría a nadie más. No era que lo avergonzara, pero muchas personas se incomodaban al saber que era policía y se defendían haciéndole el vacío.

—Me quedaré todo el tiempo que pueda —contestó—, por lo menos hasta Año Nuevo.

Costain se mostró complacido.

—Estupendo. Así quizá tenga usted ocasión de hacernos una visita. Mi esposa y yo estaríamos encantados de conocerlo mejor.

Indicó a la mujer que tenía al lado, la que se había vuelto para recibir a la joven durante el oficio. Viéndola de cerca, resultaba más interesante de lo que Runcorn había supuesto desde varias filas atrás. No era tan guapa como su joven acompañante, pero su semblante transmitía una fortaleza fuera de lo común, rebosante de humor y paciencia. A Runcorn le cayó bien al instante y aceptó la invitación, y sólo entonces se dio cuenta de que el ofrecimiento del párroco había sido una mera cortesía. Runcorn se sonrojó por su torpeza.

La señora Costain salvó la situación.

—Perdone a mi esposo, señor Runcorn. Siempre anda a la caza de nuevos feligreses. No vamos a insistirle para que se quede más tiempo del que usted quiera, se lo aseguro. ¿Es su primera visita a la isla?

Runcorn reconoció su amabilidad con sorpresa. Como miembro de la policía, no estaba acostumbrado a tal grado de aceptación por parte de alguien de su clase social. Había perdido de vista a Melisande entre la multitud; pero tenía muy claro dónde se hallaba Barclay, a tan sólo unos metros, mirándolo con desagrado. ¿Cuánto tardaría en decirle a la señora Costain que Runcorn era policía?

Sin embargo, en realidad Barclay no estaba vigilando a Runcorn, sino que miraba fijamente a la joven de verde; clavaba los ojos en su semblante con tanta insistencia que Runcorn supo que ella se daba cuenta y quizá se sintiera incómoda. Había en Barclay una inquietante emoción que parecía una mezcla de anhelo y de ira, y cuando el hombre de pelo caoba que también la había estado observando se acercó con expresión tensa y amarga, por un instante la tirantez entre ella y Barclay resultó tan palpable que los demás se incomodaron momentáneamente a su vez.

—Buenas, Newbridge —saludó Barclay, cortante.

—Buenas, Barclay —replicó Newbridge—. Un tiempo estupendo.

Los demás guardaron silencio.

—Dudo que vaya a durar mucho —respondió Barclay.

—¿Cree que tendremos unas blancas Navidades? —intervino enseguida el reverendo Costain—. Falta poco más de una semana. Sería bonito para nuestra fiesta.

Barclay enarcó las cejas.

—¿Blancas? —dijo con sarcasmo, como si la palabra encerrara una docena de otros significados más cáusticos—. Me extrañaría.

La muchacha de verde le lanzó una mirada irónica y, acto seguido, se estremeció; encorvó los hombros como si tuviera frío a pesar de que iba bien abrigada y no soplaba ni pizca de viento.

—¿Olivia? —dijo Costain con inquietud, como para distraerla—. Ven a conocer a nuestra visita, el señor Runcorn. Señor Runcorn, mi hermana, la señorita Olivia Costain.

—No te metas —dijo su esposa en voz baja. Si Runcorn no hubiese estado tan cerca no la habría oído.

El párroco estaba visiblemente desconcertado. Miró

a Barclay y a Olivia, y era evidente que no sabía cómo calificar el significado profundo de lo que daban por sobreentendido. El intento de presentarlos se perdió en la tensión que reinaba entre ambos.

Barclay asintió secamente y fue al encuentro de Melisande, que le aguardaba en el sendero junto a la entrada techada al cementerio contiguo a la iglesia. Runcorn observó cómo se alejaba y después sus ojos se cruzaron un instante con los de Melisande, dejándolo ajeno a todos los demás. Newbridge pasó rozándolo y rompió la magia del momento. Se acercó a Olivia y le dijo algo. Ella contestó serena y desenvuelta. Sus palabras eran corteses, su rostro, casi inexpresivo. Luego dio media vuelta y se marchó. En ese instante, Runcorn tuvo la certeza de que a la joven no le gustaba Newbridge.

Dio las gracias a la señora Costain por su amabilidad, miró brevemente a los demás en señal de reconocimiento y se excusó. Recorrió el cementerio entre lápidas, ángeles esculpidos y urnas funerarias hasta adentrarse en la sombra de los tejos del fondo. Salió a la calle por la verja del otro lado con la cabeza aún dándole vueltas.

Su profesión consistía en observar a las personas e interpretar sus reacciones. Las tareas de investigación iban mucho más allá de escuchar las palabras de una respuesta. Tanto o más importante era la manera en que se decían esas palabras, los titubeos, la inclinación de la cabeza, el movimiento y la quietud que le hablaban de las pasiones ocultas. Aquel pequeño grupo de feligreses estaba dividido por sentimientos tan profundos que sólo se podían controlar realizando un esfuerzo sobrehumano. El aire era pesado y producía un cosquilleo en la piel como el que anuncia el estallido de una tormenta.

Pese a su distanciamiento, a su observación tan intelectualmente fría, Runcorn era tan víctima como cualquiera de ellos. Era igual de humano, tan vulnerable y tan tremendamente absurdo como el que más. ¿Qué podía haber más ridículo que lo que sentía por Melisande, una mujer para quien nunca sería nada más que un funcionario a quien había podido ayudar porque había tenido el valor de hacer lo correcto, pese a la desaprobación de su hermano?

Regresó a casa de la señora Owen porque sabía que le había preparado un almuerzo dominical y que sería descortés no acudir puntual a degustarlo, aunque ya veía venir que las acogedoras paredes de la casa le causarían una sensación de encierro casi insoportable. Y lo último que le apetecía era una charla trivial, por bien intencionada que fuera. Pero era un hombre de costumbres y había aprendido lo caros que salían los malos modales.

Al menos tuvo un pretexto para marcharse enseguida. Puesto que hacía un tiempo excepcionalmente benigno para el mes de diciembre, se había propuesto caminar tan lejos como pudiera y postergar la vuelta hasta el anochecer. Los agrestes senderos solitarios que recorrían la costa con el turbulento romper del agua y los gritos de las gaviotas de fondo encajaban a la perfección con su estado de ánimo. Sólo naturaleza eterna e indómita. Sentirse parte de ella era pura evasión; bastaba con escuchar los sonidos, sentir el viento en el rostro y contemplar el horizonte infinito. Era inmensa e impersonal, y eso lo reconfortaba. En ella veía una especie de verdad.

Al día siguiente Runcorn salió de Beaumaris y dirigió sus pasos al noreste, hasta alcanzar Penmon Point. Se detuvo a contemplar el faro y la isla de Puffin. El día después fue en la dirección opuesta y dejó atrás el puente de Menai, hasta que pudo ver las grandes torres del castillo de Caernarfon en la otra orilla, bajo los inmensos picos coronados de blanco de Snowdonia. El tercero caminó sin rumbo fijo por las colinas que dominaban Beaumaris hasta la extenuación.

Aun así, no durmió bien. Se levantó a las siete, se afeitó y vistió, y salió a ver el amanecer invernal. El aire era gélido, tan cortante que jadeaba al respirar, aunque también hallaba un placer perverso en ello. Era limpio y penetrante, y se imaginaba que podía ver las distancias que había recorrido, las negras aguas relucientes a la luz de las estrellas. Faltaban ocho días. Tal vez tendrían unas Navidades blancas después de todo.

Sin darse cuenta, había vuelto a caminar cuesta arriba hacia la iglesia. El campanario se alzaba imponente hacia el cielo, que empezaba a clarear. Entró en el recinto parroquial por la puerta techada y siguió el sendero, luego dio un rodeo cruzando el cementerio, abriéndose camino a través de la crujiente hierba escarchada. El alba emitía pálidos haces de luz en el este que proyectaban sombras de lápidas y de algún que otro ángel marmóreo.

Tal vez por eso se vio casi encima del cuerpo antes de percatarse de lo que era. La mujer estaba tendida a los pies de una cruz esculpida, con el vestido blanco congelado, el rostro rígido, el pelo moreno esparcido en derredor formando una nube que parecía una sombra. El único color era el de la sangre que empapaba la mitad inferior de su cuerpo y que se iba tiñendo de escarlata bajo la creciente luz solar.

El horror petrificó a Runcorn. Se quedó contemplándola como a una aparición, como si aguardando un instante se le fuese a aclarar la vista y la hiciera desaparecer. Pero el frío le calaba los huesos, los dedos de luz reptaban en torno a la difunta y ésta seguía siendo terriblemente real. Sabía quién era, Olivia Costain, la joven de verde que había recorrido el pasillo de la iglesia como quien pasea por un prado de hierba mullida.

Por fin recuperó el movimiento. Se acercó, hincó la rodilla y le tocó la mano helada. Estaba más que fría, con los puños cerrados y los dedos rígidos. Tenía los ojos muy abiertos. Incluso allí, en aquel estado, conservaba parte de su belleza, una delicadeza en los huesos que le desgarró el alma y lo llenó de compasión por lo que había sido en vida.

Bajó la vista a la terrible herida del vientre, donde la sangre coagulada ocultaba la carne. Sin duda, se encontraba de pie junto a la tumba, de espaldas a la cruz y de cara a quienquiera que le hubiese hecho aquello. No había huido. Runcorn estudió el suelo y no vio más hierba pisoteada que la que él mismo había aplastado al agacharse junto a ella. Nada indicaba que hubiese opuesto resistencia, ninguna marca en las manos ni en los brazos o el cuello. Su asesino no pudo haberla cogido por sorpresa desde atrás, sino que habían estado frente a frente. La agresión tuvo que ser repentina y tremenda.

Con semejante herida, se habría desangrado muy deprisa; confió en que no hubiese tardado nada. El rojo era de sangre arterial, la fuerza de la vida. Seguramente no sería posible estar lo bastante cerca de alguien para causar tanto daño sin mancharse uno mismo de sangre.

Se apartó un poco y automáticamente sus ojos buscaron el arma. No esperaba encontrarla, pero debía cerciorarse. No acertó a ver nada, ningún rastro rojo bajo la blanca luz diurna, ninguna irregularidad en la pálida hierba escarchada salvo por donde él había venido, el mismo camino que sin duda también habrían seguido ella y su asesino antes de que se congelara el rocío.

Pronto empezaría a pasar gente por allí. Debía buscar a alguien que vigilara el cuerpo e impidiera que nadie más lo tocara. Había que dar parte a la policía local. Al menos, tenía que impedir que el propio Costain la viera.

¿Quién estaría más cerca? El sacristán. Pero ¿dónde encontrarlo? Se volvió lentamente, buscando un sendero pisado, otra verja. No había nada. Anduvo unos pasos hacia el este, pero allí sólo había más tumbas. Apuró el paso en la dirección opuesta, rodeando el campanario de la iglesia, y vio una senda más pisada que daba a un camino. Echó a correr dando resbalones, torció hacia la tapia y la casita que había al otro lado, acurrucada en su manzanar. Llamó a la puerta trasera.

Le abrió un hombre mayor a quien obviamente había sorprendido en pleno desayuno.

—¿Es usted el sacristán, señor? —preguntó Runcorn.

—Pues sí. ¿Qué se le ofrece?

Runcorn le refirió la cruda realidad y le pidió que montara guardia junto al cuerpo; luego siguió las indicaciones del anciano hasta el domicilio del agente Warner, que a aquellas horas aún se encontraría en su casa.

Warner estaba terminando de desayunar y su esposa se mostró reacia a importunarlo hasta que vio el semblante de Runcorn a la luz del interior, y la impresión que reflejaban sus ojos. Entonces no se hizo de rogar. Le dio una taza de té e insistió en que se la bebiera mientras le explicaba su profesión y el motivo de tan temprana visita al propio Warner, un hombre corpulento que rondaba los cuarenta.

—Me imagino que estará usted acostumbrado a esto, viniendo de Londres como viene —dijo con voz un poco ronca, después de que Runcorn le hubiese descrito la escena y referido lo poco que había deducido de ella—. Nunca había tenido que ocuparme de un asesinato, a no ser que se considere asesinato una pelea de triste desenlace.

Tenía el rostro transido no sólo de pesar, sino de una especie de impotencia tras caer en la cuenta de la enormidad de la tarea que se le venía encima. Runcorn percibió su temor.

—Si puedo ser de ayuda... —ofreció, y acto seguido se preguntó si no se habría entrometido dando a entender, aunque sólo fuese indirectamente, que la policía local era inferior. Lo lamentó, pero ya era demasiado tarde.

Warner tragó saliva.

—Bueno, seguro que nos envían a alguien del continente —dijo enseguida—. Quizás al jefe de policía, o alguien por el estilo. Pero le estaría sumamente agradecido si me echara una mano entretanto, visto que tiene usted experiencia.

—Por supuesto —se avino Runcorn—. En primer lugar, alguien tendrá que avisar a la familia, y hay que enviar un médico a explorarla cuanto antes. Luego la trasladaremos a un sitio más decoroso.

—Sí. —Warner estaba apabullado—. Sí, lo haré yo. Pobre párroco. —Se llevó una mano a la frente, parpadeando deprisa—. Qué suceso tan espantoso—. Lanzó a Runcorn una mirada llena de esperanza—. Supongo que no sería un accidente. ¿Pudo haberse... caído, quizá?

—No —dijo Runcorn, sin más. No se molestó en repasar los detalles otra vez, ni siquiera en mencionar lo absurdo de imaginar a Olivia Costain caminando sola de noche por el cementerio con un cuchillo lo bastante grande para causarse una herida como la que había visto. No había tropezado; había caído hacia atrás por la arremetida de la agresión. El arma no había aparecido.

Warner, pálido pero con las mejillas sonrojadas de manera poco natural, suspiró mirando al suelo.

—Perdone, es que... —levantó la vista de golpe— aquí no estamos acostumbrados a esta clase de cosas. Conocía a la señorita Olivia desde que era... pequeña. ¿Quién le haría algo así?

—Eso es lo que debemos averiguar —dijo Runcorn sin rodeos—. Ahora es cuando nuestro deber se vuelve difícil y desagradable, y es importante que lo cumplamos bien.

Warner se puso en pie haciendo chirriar la silla contra el suelo de la cocina al retirarla de la mesa.

—Iré a contárselo al párroco y a la señora Costain. Se quedará destrozada. Ella y la señorita Olivia estaban muy unidas, más como hermanas que como cuñadas que eran. ¿Usted iría... iría a avisar al doctor Trimby? Su casa es difícil de encontrar, mi esposa lo acompañará. Luego más vale que envíe un mensaje a Bangor para el inspector, y seguro que manda venir a sir Alan Faraday desde Caernarfon.

Runcorn aceptó sin ninguna objeción. Poco después caminaba junto a la señora Warner siguiendo un rápido atajo que cruzaba la carretera y varios callejones hasta llegar a la puerta de la casa del doctor Trimby. Ya eran casi las nueve de una mañana ventosa, las calles estaban concurridas y había tres o cuatro personas aguardando en su consulta.

Trimby* no hacía honor a su nombre. Era bajo y fornido, llevaba el pelo alborotado, una camisa que desafiaba a la plancha y una corbata todo lo pasada de moda que pudiera estar una corbata. Nada de su atavío casaba con lo demás. No obstante, su atención fue instantánea y completa. En cuanto la señora Warner le dijo quién era Runcorn, escuchó con una mezcla de pesar y concentración absoluta. No tomó ninguna nota, pero Runcorn se quedó convencido de que recordaría cada pormenor. Su rostro franco y asimétrico estaba transido de pena.

—Más vale que me lleve a verla —dijo, poniéndose en pie. Camino de la puerta recogió su maletín, antaño de buena piel pero ahora surcado de cicatrices tras veinte años de servicio soportando toda clase de inclemencias. Regresaron al cementerio desandando poco más o

* En inglés, «esbelto». (N. del T.)

menos el camino que había seguido Runcorn con la señora Warner, y encontraron al sacristán todavía montando guardia, solo y tiritando de frío.

Trimby miró más allá de él hacia el cuerpo y palideció de tal manera que Runcorn temió por un momento que fuera a desmayarse. Sin embargo, tras un doloroso e intenso esfuerzo, recobró la compostura y se agachó para iniciar el examen forense.

Runcorn autorizó al sacristán para que se retirara y aguardó en silencio. El viento iba en aumento y cada vez era más frío.

Finalmente, Trimby se levantó con torpeza. Tenía las piernas agarrotadas de estar tanto rato de rodillas y su equilibrio era precario.

—Lo más tarde a medianoche —dijo el médico con voz ronca. Tosió y comenzó de nuevo—. Es cuanto puedo decir basándome en el rígor mortis. Aunque usted lo habrá sabido ver por sí mismo, por la escarcha, digo yo. Hace frío, la congelación es la clave. Busque a quien la viera por última vez, si es que se puede fiar de la gente. No se puede... uno no puede hacer una herida como ésa sin mancharse de sangre. No se defendió. —Se le quebró la voz y necesitó una larga y penosa pausa para recobrar el dominio de sí mismo—. Poco más puedo decirle. Es imposible averiguar algo más aparte de esto. Me la llevaré de aquí; es preciso... adecentarla.

Se volvió para irse.

—Doctor... —lo llamó Runcorn.

Trimby levantó la mano con un gesto de impaciencia.

—Usted ve lo mismo que yo. Esto es asunto suyo, no mío.

Siguió caminando deprisa entre las lápidas. Runcorn tenía las piernas más largas y le dio alcance enseguida.

—No es todo lo que puede decirme —dijo, acomodando su paso al de Trimby—. Usted la conocía, cuénteme algo sobre ella. ¿Quién pudo hacerle algo así?

—¡Un loco de atar! —espetó Trimby sin volverse para mirarlo ni aminorar el paso.

Runcorn lo agarró del brazo y le dio un tirón que lo obligó a parar y volverse. Nunca hasta entonces había hecho nada igual pese a la infinidad de casos violentos y trágicos que había llevado. Su propia emoción era mucho más profunda de lo que él mismo hubiese imaginado.

—No, no fue obra de un loco —dijo ferozmente—. Fue alguien a quien ella conocía y de quien no tenía miedo. Usted lo sabe tan bien como yo. Estaba de cara a él, no huyendo; y no opuso resistencia porque no se esperaba que él la golpeara. Además, ¿qué hacía aquí? ¿Con quién se reuniría a solas en un cementerio a esas horas de la noche?

Trimby lo miró fijamente, enojado y a la defensiva.

—¿En qué clase de mundo vive usted, donde se considera cuerdo a un hombre capaz de hacerle esto a una mujer? —preguntó con voz temblorosa.

Runcorn percibió su profundo pesar, una perplejidad y un sentimiento de pérdida mucho más acusados de lo que sin duda habría experimentado ante las muertes anunciadas con las que se toparía de vez en cuando en el ejercicio de la medicina. Cabía suponer que Olivia había sido paciente suya y quizá la conociera de toda la vida. Runcorn contestó con franqueza.

—Cuando decimos «loco» nos referimos a un desconocido, a alguien que obra sin motivo, atacando al azar, alguien ajeno al mundo que comprendemos. En este caso no fue alguien así, y me parece que usted lo sabe.

Trimby bajó la mirada.

—Si hubiese algo que pudiera decirle, lo haría —respondió—. No tengo ni idea de quién lo hizo ni por qué. A usted corresponde la tarea de averiguarlo. ¡Que Dios lo ayude! —Dio media vuelta y desapareció a grandes zancadas entre las últimas lápidas dejando a Runcorn solo, frío y salpicado por los primeros goterones de un aguacero.

Transcurrió una desdichada jornada de obligaciones menores hasta que Runcorn por fin se reunió de nuevo con el agente Warner para referirle lo que Trimby le había dicho. El examen médico confirmó sus propias deducciones sin agregar ningún dato que resultara útil. Olivia Costain había sido apuñalada en el vientre con un arma blanca de hoja ancha. Una única estocada le había seccionado una arteria y se había desangrado enseguida, tras caer de espaldas sin dar un solo paso. Tal como Runcorn había supuesto, no presentaba heridas defensivas en las manos ni en los brazos, como tampoco en ninguna otra parte del cuerpo.

—Seguramente murió antes de medianoche —concluyó.

A Warner se le veía cansado, tenía los ojos enrojecidos como si llevara despierto mucho más tiempo que un interminable día. Se sentaron a la misma mesa de la cocina a la que se habían sentado por la mañana, de nuevo con una tetera entre ambos.

—He dado la noticia al párroco —dijo con aire abatido—. El pobre hombre se ha quedado destrozado. Me parece que la señora Costain se lo ha tomado aún peor. Estaban muy unidas.

—¿Ha averiguado quién fue el último que vio a la señorita Costain sola? —preguntó Runcorn para que se centrara otra vez en los hechos. Ya había visto antes a agentes de la ley profundamente afectados por la muerte. Las primeras veces eran las más duras, sobre todo cuando la víctima era especialmente vulnerable, muy joven, anciana o, por una circunstancia u otra, indefensa. Lo mejor era concentrarse en lo poco que se podía hacer al respecto.

Warner levantó la vista.

—¡Ah, sí! El ama de llaves la vio salir a eso de las diez o quizás un poco más tarde. Dijo que sólo salía a dar un paseo. Según parece lo hacía bastante a menudo, incluso después del anochecer. No solía ir muy lejos.

—De modo que tenemos dos horas durante las que pudieron matarla.

—Sí, eso parece —confirmó Warner—. He preguntado a todos dónde estaban. De poco ha servido. El párroco estaba en su estudio; la señora Costain, leyendo en la biblioteca hasta que se fue a dormir hacia las once. Los vecinos de la casa grande que hay camino arriba son el señor John Barclay y su hermana, la señora Ewart, viuda según tengo entendido. Él salió a ver a un amigo; pero regresó a casa solo y no despertó a los criados al entrar. Así que no hay ninguna prueba sobre dónde estuvo a partir de las diez y media. Ella estaba acostada, pero había dado el día libre a su doncella; de modo que sólo tenemos su palabra. —Warner se mostraba cada vez más descontento—. Y el coadjutor, Kelsall, vive solo en una casita a menos de un kilómetro. El señor Newbridge, que hasta hace poco cortejaba a la señorita Olivia, vive a unos tres kilómetros y estuvo trabajando en su estudio hasta las once. Aunque despidió a su criado después de cenar, de modo que una vez más sólo tenemos su palabra.

—No es de extrañar —admitió Runcorn a regañadientes—. Ni siquiera yo mismo podría dar cuenta de mi paradero. Dar un paseo aprovechando una clara noche de invierno no tiene nada de raro. Es un placer contemplar las estrellas. Aquí se ven muy bien. Y muchos dejan que sus criados libren temprano si no van a necesitarlos. ¿Alguien más la vio a partir de esa hora? ¿Nadie vio ni oyó nada? ¿Algún criado, tal vez? ¿Otros vecinos?

Warner meneó la cabeza.

—He preguntado en todas partes, señor Runcorn, y no he dado con nada que nos pueda ser útil. En cuanto a los demás vecinos, lo único que me han podido decir es dónde estaban, y todos tienen familia o criados que los vieron. Tampoco es que todos conocieran bien a la señorita Olivia; sólo de saludarla por la calle. Se han quedado muy impresionados. La verdad, nunca había ocurrido nada semejante en el pueblo. Es... —Se calló, sin saber cómo seguir. Meneó la cabeza lentamente, evitando los ojos de Runcorn—. He recibido un mensaje —prosiguió Warner—, el jefe llegará a última hora de mañana. Se hará cargo del caso. No puedo decir que lo lamente. Este asunto me viene un poco grande, señor Runcorn. Sé cómo ocuparme de un robo ocasional, incluso del incendio de un granero o de una pelea con graves consecuencias, pero esto es distinto. Hace que todos tengan miedo y estén muy angustiados. Lo cierto es que me alegra que sir Alan se haga cargo. Pero eso no quita que agradezca su ayuda. Gracias a usted, le pasaré una investigación bien hecha, con las pruebas en orden. —Esbozó una sonrisa relajando un poco los hombros, como si por fin aquel rostro ceniciento se librara de parte de la carga que había soportado a lo largo del día. Hasta entonces, no habría podido imaginarla ni en la peor de sus pesadillas—. Estoy convencido de que sir Alan querrá darle las gracias en persona; pero, por mi parte, quisiera transmitirle mi reconocimiento, señor Runcorn.

Runcorn sabía que así tenía que ser; no tenía ninguna jurisdicción en Anglesey, su posición era la misma que la de cualquier ciudadano responsable. Y, sin embargo, se sintió absurdamente decepcionado. No era que tuviera ganas de trabajar. El caso era trágico, ni por asomo sencillo, y desde luego no tenía la más remota idea de quién era el culpable y por qué. Pero quería conocer el final, deseaba descubrir quién había aniquilado a una mujer llena de gracia y en la flor de la vida. Y quizá también le hubiese gustado resultar útil, tan cerca como estaba de Melisande, en lugar de ser otro mero espectador. Ocuparse de la violencia y el miedo era lo que mejor sabía hacer. Ahí era donde sus aptitudes se valoraban de verdad.

Pero iba a venir el jefe de policía. El caso era demasiado grave para que no lo hiciera. Aún no habían transcurrido veinticuatro horas desde el asesinato y el pánico ya se hacía notar, frío y oscuro, despertando inquietud como el viento que hacía vibrar las ventanas. Sólo que el viento se quedaba fuera, mientras que el miedo entraba en las casas por muchos cerrojos y cerraduras que trataran de impedirlo.

—Ha sido un placer ayudarle —dijo Runcorn a media voz—. Lamento no haber hecho más.

Warner le tendió la mano de sopetón.

—Me ha alegrado mucho que estuviera usted aquí, señor Runcorn. De verdad.

Runcorn se la estrechó. No parecía haber nada más que añadir, y tendría que marcharse y enfrentarse a solas al hecho de que no pertenecía a aquel lugar mientras bajaba la cuesta hacia la casa de la señora Owen, donde pasaría la noche a la espera de otro día insustancial.

Sin embargo, pese a haber tomado aquella decisión, a última hora de la tarde Runcorn volvió a casa de Warner por el campo donde los tordos alirrojos seguían atareados. Estaba ávido de información, si bien le constaba que era una estupidez porque no le contarían nada. Aquello ya no era asunto suyo, él no era uno de ellos. Le dolió recordarlo. Le obligó a ser más consciente del vacío de su fuero interno, de la creciente necesidad de algo más que lo que poseía.

Al pasar ante la entrada del recinto parroquial, el recuerdo y la pena volvieron a apoderarse de él, haciendo que aún tuviera más frío. Se sorprendió al ver a John Barclay delante de él, caminando al lado de un hombre más o menos de su estatura, un hombre sin sombrero a pesar del viento, con el pelo rubio abundante. Sus andares ostentaban una precisión casi militar, e incluso de lejos Runcorn percibió el elegante corte de su ropa. Tenía que tratarse de sir Alan Faraday, el jefe de policía. Ahora bien, ¿por qué hablaba con Barclay con tanta confianza, como si fuesen amigos?

Runcorn se detuvo, y quizás ese movimiento inesperado llamó la atención de Barclay, porque apoyó una mano en el brazo de Faraday, le dijo algo y ambos se volvieron hacia Runcorn. Barclay dio el primer paso al frente, y hubo algo vagamente amenazante en esa acción.

Runcorn no cedió terreno.

—Buenas tardes —saludó Barclay levantando bastante la voz, ya que aún se encontraban a varios metros de distancia—. Runcorn, ¿me equivoco?

—Buenas tardes, señor Barclay —contestó Runcorn, sin moverse de donde estaba.

Más de cerca, el otro hombre era bien parecido, de ojos imperturbables y extraordinariamente azules.

—Éste es el londinense del que le hablaba —le dijo Barclay—. Runcorn nos ha echado una mano mientras usted estaba de camino. —Miró a Runcorn—. Sir Alan Faraday, jefe de la policía del condado. Como es natural, ahora el caso está en sus manos. Se trata de un asunto muy grave. Merece toda nuestra atención, a mi juicio, antes de que siembre el miedo y la inquietud entre la población. Pero le quedamos agradecidos por su ayuda en el inicio de las pesquisas.

—Así es —afirmó Faraday, observándolo cautelosamente—. Ha hecho muy bien interviniendo con tanta profesionalidad. Según parece, nos ha dejado todas las pruebas bien ordenadas. Es un caso muy desagradable y, como es lógico, la gente está aterrada. Da la impresión de que tengamos a un loco en la isla. Debemos hacer cuanto esté en nuestra mano por tranquilizarlos, procurar que no cunda el pánico.

Runcorn se quedó sin saber cómo responder con elegancia y sin dejar traslucir sus emociones. En ocasiones como aquélla era cuando deseaba con toda su alma ser más refinado, tener la seguridad en sí mismo propia de un caballero para así presuponer que estaba en lo cierto y exigir a los demás que pensaran lo mismo. En cambio, se sentía como un buen sirviente a quien dieran permiso para retirarse. Y, no obstante, contrariarse por eso le haría aparecer ridículo.

Pero es que él era ridículo. Y eso lo hería profundamente, resultaba humillante. Monk habría sabido salir airoso con tal gallardía que hubiesen sido Faraday y Barclay quienes se sintieran estúpidos. Pero él no era Monk, no sabía expresarse con ingenio. Y, sobre todo, carecía de elegancia.

—Hice cuanto estaba en mi mano, sir Alan —contestó en cambio, y al oírse pensó que en efecto parecía un criado pidiendo aprobación.

Faraday asintió con la cabeza.

—Bien hecho —dijo sucintamente—. Deberíamos ser capaces de encontrar al culpable sin demora. El lugar es pequeño. La gente, honrada. ¡Qué terrible tragedia!, y justo antes de Navidad.

Barclay miró a Faraday.

—Me gustaría hablar un momento con Runcorn, si

no tiene inconveniente. Enseguida me reuniré con usted en casa del párroco.

El jefe de policía se despidió de Runcorn con una breve inclinación de cabeza y, al cabo de nada, se hallaba a más de cincuenta metros. Caminaba con soltura, como si los kilómetros significasen poco para él.

—Un buen hombre —comentó Barclay con satisfacción—. Militar retirado, por supuesto. Resolverá el caso, calmará los temores de la gente y nos ayudará a volver a la normalidad, en la medida de lo posible. No podrá borrar el recuerdo ni el sentimiento de pérdida, pero eso no está al alcance de nadie. Usted ya no puede ayudar más, Runcorn. Ésta no es su gente, no pertenece a la clase con la que usted está acostumbrado a tratar. Me consta que sus intenciones son buenas, pero usted no los comprende ni a ellos ni sus costumbres.

Runcorn deseaba decir algo; sin embargo, todo lo que se le ocurría daría la sensación de que se estuviera defendiendo. Permaneció en silencio expuesto al viento, a la aflicción que inspiraba el cementerio, la realidad de la muerte y la pérdida abrumadora. No debía pensar ni por un instante en sus propios sentimientos.

—Mientras descubran quién mató a la señorita Costain, poco importa quién les ayude —respondió.

—¡Mi querido amigo, claro que importa! —dijo Barclay con vehemencia, aunque sin alterar la sonrisa que esbozaba; más que una sonrisa, era una tirantez de los labios que mostraba una dentadura impecable—. Nada podemos hacer por los muertos, pero los sentimientos de los vivos son muy importantes. Nuestra conducta puede ejercer una enorme influencia sobre su temor, su sensación de peligro y desorden. Sin embargo, lo que en realidad quería decirle en privado es que Faraday es un hombre excelente y que muy pronto será el prometido de mi hermana, la señora Ewart, que, como tal vez recuerde, es viuda. —Sus ojos no se apartaron de los de Runcorn—. Es un buen partido y le ofrecerá todo cuanto pueda desear. Confío en no tener que explicar en detalle lo poco afortunado que sería mencionar su relación profesional con ella en Londres, por inocente que fuera. Sólo suscitaría preguntas y requeriría explicaciones que sería más prudente callar. De modo que le ruego que se abstenga de llamar la atención haciendo patente que tuvieron trato en el pasado, por superficial que éste fuera.

Runcorn se sintió como si le hubiesen dado una bofetada tan fuerte que se quedó un momento sin aliento. Al cabo de un rato, tomó aire y no halló qué decir para replicar, ni una sola palabra que mitigara la ofensa.

—Sabía que lo entendería —dijo Barclay con aire risueño y despreocupado—. Espero que este desdichado incidente concluya más deprisa que aquel asunto que usted resolvió. ¡Qué desastre! Pese a todo, éste parece más claro. Le quedo agradecido. Buenos días.

Y, sin aguardar a que Runcorn diera con una respuesta, se volvió y fue en pos de Faraday.

Los dos días siguientes transcurrieron en una caótica infelicidad mientras Faraday se hacía cargo de la investigación que Runcorn había dejado, por supuesto con ayuda de Warner, que no tenía alternativa en tales asuntos. La posición de Warner le recordaba un poco a Runcorn la suya propia cuando Monk había estado en la Policía Metropolitana con él, años antes. Monk siempre era más listo, siempre más seguro de sí mismo, al menos en apariencia. Runcorn entonces desconocía los fantasmas y demonios personales que atormentaban a Monk, pues su propia ceguera sólo le permitía ver la dura elegancia de la máscara con que Monk se protegía. Pero, si Faraday tenía algo de la complejidad de Monk, Runcorn no halló ni rastro de ella en su terso rostro, ninguna vulnerabilidad en la mirada, ninguna agudeza mental que le permitiera comprender las cosas con más pasión que los demás.

Runcorn se habría alegrado si al menos Faraday hubiera tenido la destreza de Monk. Más allá de cualquier rivalidad personal, lo importante era descubrir al asesino de Olivia Costain. Y se dio cuenta, con un nudo en el estómago, de que también tenían que impedir que el asesino volviera a matar a quien supusiera una amenaza para él. Los pensamientos de Runcorn se dirigieron de inmediato a otra mujer excepcional y adorable: Melisande. Aquél era el meollo de su miedo, y por ella sacrificaría toda dignidad y orgullo personal, cualquier ambición.

Pero transcurrieron dos días y, que él supiera, o que supiera la asustada señora Owen, la investigación no había progresado lo más mínimo. Ya faltaba menos de una semana para Navidad. Se cancelaban fiestas. Siempre que podía, la gente se quedaba en su casa. Tras el anochecer, las calles estaban desiertas pese a que el viento no soplaba con la fiereza ni el frío de antes. Corrían rumores de locura, incluso de algún ser inhumano que merodeaba a sus anchas, una criatura de las tinieblas que debía ser destruida para que la esperanza y la luz de la Navidad regresaran al mundo.

Poco antes de mediodía, Runcorn vio a Trimby por la calle tan desaliñado como siempre. Caminaba a grandes zancadas, con los faldones del chaqué al vuelo, el sombrero olvidado y el pelo revuelto como una bandera azotada por el viento, y pasó de largo a su lado sin decir nada, sumido en sus propios pensamientos.

Runcorn no lo soportaba más. Se dirigió a casa del párroco, donde sabía que hallaría a Faraday, y lo encontró conversando con reporteros y periodistas de la isla y del Gales continental, venidos desde localidades tan distantes como Denbigh y Harlech.

A nadie extrañó que un hombre más se hiciera un sitio en el atestado salón, y se quedó al fondo y escuchó mientras Faraday hacía lo posible para disipar el miedo que suscitaba cada nueva pregunta. ¿Qué clase de loco andaba suelto entre ellos? ¿Alguien lo había visto? ¿Cuándo? ¿Dónde? ¿Era posible que alguien diera cobijo a semejante criatura? ¿Qué opinaba el párroco? ¿Por qué había sido Olivia Costain la víctima?

Faraday no cejó en su empeño por disipar los temores. Al final, contestó con tanto ímpetu que Olivia había sido una joven ejemplar, conocida y amada en la comunidad y con una reputación intachable, que su propia vehemencia sembró dudas.

Y, cuando Runcorn habló con él más tarde a solas, sus palabras reforzaron esa impresión. Estaban en la habitación que Costain había dispuesto para uso personal de Faraday, un acogedor estudio con un buen fuego encendido, las paredes forradas de libros y una curiosa mezcla de óleos, caricaturas y dibujos. Había papeles esparcidos encima de la mesa, y a su lado, una pluma y un tintero.

—Gracias por venir —dijo Faraday con bastante brusquedad—. Ya que está aquí, también debería preguntarle si tiene algo más que añadir. Da usted la impresión de haber puesto mucho interés en el caso.

Fue una manera poco elegante de formularlo, pero estaba pidiendo ayuda.

—No fue obra de un loco —dijo Runcorn con gravedad—. Lo sabe tan bien como yo, señor. Las pruebas indican que fue alguien a quien ella conocía. —Se quedó de pie, demasiado enfadado para sentarse aunque, a decir verdad, no lo habían invitado a hacerlo.

—No —corroboró Faraday con desánimo—. Al menos, yo también tengo la impresión de que ella lo conocía, pero no me parece prudente decirlo. —Miró a Runcorn con intención—. Confío en que tenga la prudencia de no decir nada irresponsable. Sólo serviría para avivar el miedo que ya impera. Mientras los vecinos piensen que lo hizo alguien a quien no conocen, al menos no se vuelven los unos contra los otros. —Parecía preocuparle que Runcorn lo comprendiera—. Hay un sentido de unidad, voluntad de colaborar. Por eso no digo que era una muchacha difícil, con ideas que dejaban mucho que desear y que en cierto sentido eran incluso peligrosas. El pobre Costain tuvo sus más y sus menos con ella. Según parece no abrigaba deseos de sentar cabeza. Rechazó excelentes proposiciones de matrimonio, y parecía no estar dispuesta a madurar y aceptar su lugar en la sociedad. Contaba con que su hermano la mantuviera indefinidamente mientras ella pasaba de un sueño descabellado al siguiente. Su virtud aún no había sido cuestionada abiertamente, pero sólo era cuestión de tiempo que eso sucediera, lo cual constituye un mal trago para cualquier hombre, pero aún más para uno con su profesión.

Los pensamientos se agolpaban en la mente de Runcorn, recuerdos de Olivia caminando por el pasillo de la iglesia con la misma gracia despreocupada que podría haber exhibido en la playa, con la espuma rompiendo a sus pies y la brisa marina en el rostro. ¿Por qué tenía que casarse para encajar en la vida social o religiosa de su hermano? De pronto, Runcorn se dio cuenta de que en realidad pensaba que Melisande se casaría con Faraday para satisfacer la ambición de su hermano y así liberarlo de la responsabilidad que representaba para él.

Miró a Faraday: alto, guapo, falto de imaginación, seguro de sí mismo. ¿Amaba a Melisande? ¿La adoraba, veía en ella su extraordinario coraje y su elegancia? Sin duda, Melisande poseía una voluntad lo bastante férrea para desacatar las convenciones y arriesgar su propia seguridad para dar testimonio de un crimen, como había hecho en Londres para ayudar a Monk y a Runcorn cuando éstos daban caza a un asesino peligroso. ¿Le importaba a Faraday que ella fuese feliz, que nada de su carácter se viera forzado, aplastado, convertido en deber en lugar de creencia? ¿O tan sólo era una esposa encantadora y apropiada, alguien que colmaría todas sus aspiraciones sociales y políticas?

Eso era lo que Barclay deseaba para ella, que nunca tuviera carencias ni necesidades en el sentido más convencional, que fuera respetada, incluso envidiada, que estuviera a salvo hasta el fin de sus días. En muchos sentidos, era más de lo que la mayoría de las mujeres podía esperar. Y, sin embargo, a Runcorn, que lo único que podía ofrecerle era su admiración, la mera idea lo indignaba. Deseaba que Melisande tuviera mucho más que aquello.

Resultaba impertinente por su parte, y arrogante. Quizás ella fuese realista y le bastara con un matrimonio de esa clase.

Terminó el resto de su conversación con Faraday casi sin saber lo que decía, y al final se despidió sabiendo poco más de lo que sabía al llegar. El miedo y la confusión campaban a sus anchas y, por el momento, Faraday andaba perdido en cuanto a qué pasos dar a continuación. Su conocimiento de los hombres y los acontecimientos, así como sus dotes de mando, no alcanzaban a controlar una situación como aquélla.

A la mañana siguiente, Runcorn salió solo a caminar. Recorrió la costa sur de la isla, entre rocas y arena, siempre atento a la marea, consciente del peligro que entrañaba. El mar era a un tiempo sostén y destrucción, a nadie concedía clemencia. Lo había leído en alguna parte. Al contemplar su superficie siempre cambiante, su furia ciega, su belleza y engaño, se convenció de ello.

Caminó hasta vislumbrar las torres de Caernarfon a través del estrecho, luego descansó un rato y desanduvo lo andado bajo algún chaparrón disperso con el viento a su espalda. Estaba agotado y ya era bastante tarde cuando, sin pensarlo, sus pies lo llevaron a subir de nuevo hacia la parroquia. Sabía por qué: Barclay y Melisande residían en la casa grande que se alzaba al otro lado del prado. Si había algún sitio donde pudiera verla fugazmente, era allí.

Un cuarto de hora después observaba la luz que se

iba apagando en las lomas cuando oyó su voz detrás de él. Sus pasos no habían hecho el menor ruido sobre la hierba.

—¿Señor Runcorn?

Se volvió de inmediato y se le hizo un nudo en la garganta. Le costó contestar. Ella llevaba un vestido oscuro y una capa con capucha para resguardarse del viento. La luz ambarina de los últimos rayos de sol le acariciaba el rostro resaltando sus mejillas y la línea del mentón. Nunca había visto a una mujer tan bella ni tan capaz de transmitir esperanza, preocupación y vulnerabilidad.

—Buenas tardes, señora Ewart —dijo con voz ronca.

—Me alegra que esté aquí —contestó Melisande—. Sir Alan es un buen hombre, y supongo que John hizo bien al mandar avisarle... —Titubeó—. Pero creo que no tiene experiencia para enfrentarse a... a un crimen como éste, para averiguar con la celeridad suficiente qué ocurrió y quién es el responsable.

¿Debía tratar de confortarla? Veía el miedo que anidaba en sus ojos. Llevaba razón, Faraday no tenía ni idea de cómo investigar un asesinato. En realidad, los jefes de policía no estaban para eso. Si lo hacía era sólo porque Melisande estaba allí, y quizá porque el crimen había suscitado tal terror en la isla que la gente estaba al borde del pánico. Ninguno de ellos había hecho frente hasta entonces a semejante brutalidad.

Runcorn se preguntó si debía mentirle.

—¿Lo bastante deprisa? —inquirió—. ¿Tiene miedo de que vuelva a ocurrir?

¿Por qué le había preguntado aquello? Así no iba a consolarla.

—¿Usted no? —dijo Melisande en voz baja—. Usted entiende de estas cosas. ¿Acaso alguien hace esto una sola vez? ¿No se defenderá si ve que lo acorralamos, si cree que vamos a desenmascararlo y descubrir quién es en realidad?

Runcorn se estremeció. El miedo de Melisande le daba más escalofríos que el viento del ocaso. Estaba en lo cierto, la única salvaguarda residía en la prontitud, en golpear antes de que la víctima supiera de dónde le venía el golpe y en que éste fuese decisivo. Anhelaba hallarse en condiciones de protegerla; pero allí no estaba de servicio, no había sitio para él.

—¿No es así? —insistió Melisande—. ¿Lo estoy poniendo en un aprieto? —Apartó la vista—. Mucho me temo que andamos perdidos. Sir Alan nos habla como si se tratase de una fiera que habita en los parajes más agrestes del centro de la isla, en los montes de más allá de las lomas. —De repente guardó silencio y se mordió el labio inferior, temerosa de decir lo que ocupaba su mente.

Runcorn lo dijo por ella:

—Pero usted cree que la fiera sale de dentro de alguien que vive aquí, en estas casas y calles, y cree que la conoce.

Melisande abrió mucho los ojos y Runcorn vio afecto en ellos, incluso un cierto alivio.

—¿Usted no? Por favor, sea sincero conmigo, señor Runcorn. Esto es demasiado serio como para ir diciendo mentiras para que nos resulte más fácil. Olivia merece algo más que eso y, por nuestro bien, no podemos permitirnos mirar hacia otro lado.

¿Por qué pensaba aquello? A diferencia de él, ella no había visto el cuerpo. ¿Qué había oído o sentido para comprenderlo? ¿Por quién temía? ¿Sabía quién era el culpable o tal vez lo sospechaba? Conocía a Costain y a su esposa, y por supuesto conocía a su hermano Barclay. Le había tomado cariño a Olivia, de modo que era posible que ésta le hubiese hablado de Newbridge, o incluso de Kelsall, el coadjutor. ¿Le daba miedo que la investigación sacara a relucir trapos sucios de alguno de ellos?

Todo el mundo tiene fallos, heridas de las que se avergüenza, secretos que luchará por ocultar. Incluso podría ser que alguien arremetiera para proteger la memoria de la propia Olivia. La pena puede ocasionar reacciones violentas imposibles de prever, ni siquiera por los más allegados. Unas veces agudiza el amor, otras, lo rompe.

—¿Le ha comentado sus temores a sir Alan? —Detestaba la sola mención de su nombre.

Melisande meneó una pizca la cabeza.

—No. Me parece que ya tiene bastante de qué preocuparse con el sentimiento que se está extendiendo entre la gente; todos exigen ayuda y que se halle una solución. Nadie puede... ofrecerla sólo porque sea necesaria. No somos niños, no cabe esperar que un tercero disipe nuestros temores. Ha ocurrido algo horrible y Alan no puede cambiar las cosas para tranquilizarnos o darnos las respuestas que queremos. —A su semblante asomó aflicción y algo semejante a la piedad—. Supongo que nadie puede.

Runcorn se preguntó si sólo quería decir lo que había dicho: que todos debían aguantarse porque no había más remedio y que era injusto esperar otra cosa. ¿Estaba defendiendo a Faraday o diciendo que la situación se le escapaba de las manos? ¿O ambas cosas? Runcorn trató de descifrar su mirada, la curva de sus labios, pero ya era demasiado oscuro para ver con claridad y, de todos modos, no entendía nada.

Le constaba que estaba asustada, pero sólo un idiota no lo estaría. Fuera cual fuera la verdad, traería aparejado sufrimiento. Sus vidas nunca superarían las cosas que dirían los unos de los otros, los puntos flacos, los secretos que la vida corriente podría haber dejado a buen recaudo. Un asesinato arrasaba con todo.

¿Amaba a Faraday? La indefensión y la compasión que conllevaba esta pregunta era que nadie tenía que ser perfecto para ser amado, uno ni siquiera tenía que ser especialmente bueno. El amor era un don, una gracia. Él nunca lo había probado. Era torpe, poco generoso, nunca sabía cómo reaccionar.

Ansiaba decir algo que la reconfortara, que le sirviera de ayuda en los días que se avecinaban, pero lo único que podía hacer era decirle la verdad. Claro que deseaba protegerla, sobre todo del peligro real. En eso sí que era hábil, pero no podía hacer nada porque no se encontraba en su jurisdicción. Allí no tenía más autoridad que el cartero o el pescadero; incluso menos, puesto que no era de allí.

—Señor Runcorn... —dijo Melisande tímidamente.

—¿Sí?

—Usted encontró el cuerpo de Olivia, ¿verdad? —En realidad no fue una pregunta. Quería abordar algo más.

—Sí —contestó Runcorn con amargura.

—¿Cree que la mató un loco, alguien que ninguno de nosotros conoce? —Runcorn vaciló—. Por favor —insistió Melisande—. No es momento de decir mentiras piadosas. No me trate como si fuese tonta. Olivia era amiga mía. Sentía un profundo afecto por ella, aunque hiciera poco tiempo que la conociera. Nosotras... teníamos mucho en común. Me gustaría saber la verdad, y Alan no me la dirá.

—En tal caso... —comenzó Runcorn, pero se calló. Le estaba incitando a decir algo que el hombre con quien iba a casarse se negaba a decirle.

—Su silencio es elocuente —dijo Melisande con voz tensa por la decepción, dándole la espalda.

Runcorn no pudo soportarlo.

—No, fue alguien a quien conocía —admitió—. Estaba de cara a él, no huyendo.

Melisande lo miró de nuevo con el rostro transido de pesar.

—Pobre Olivia. ¿Es posible imaginar algo más atroz? Quiero preguntarle si sintió mucho dolor, pero no estoy segura de poder soportar la respuesta.

—No —dijo Runcorn enseguida—. A lo sumo sólo unos instantes.

—Gracias —contestó Melisande en voz baja—. Lamento haber... Señor Runcorn, ¿tendrá la bondad de ayudarnos, por favor? Me parece que no seremos capaces de resolverlo por nuestra cuenta. No estamos acostumbrados a este... desasosiego, con tanto dolor y tanto miedo no sabemos qué hacer.

Runcorn se quedó anonadado y, sin embargo, aquello era exactamente lo que había querido hacer, ¡ayudar! ¿Sabía Melisande lo que le estaba pidiendo? Allí no tenía autoridad, ningún derecho en absoluto. Faraday se molestaría. Barclay se pondría furioso. Tenía que decírselo, explicarle los motivos por los que no podía hacerlo. En cambio, se limitó a decir:

—Sí, claro que lo haré.

—Gracias. —Un asomo de sonrisa le dulcificó el semblante—. Le quedo muy agradecida. No tendría que haberle retenido tanto rato a la intemperie con el frío que hace. Buenas noches, señor Runcorn. —Y lentamente, con suma elegancia, dio media vuelta y se marchó.

Runcorn estaba tan abrumado que no contestó. Se quedó allí plantado, tiritando, aguantando el viento hasta que dejó de ver su silueta en la penumbra, y sólo entonces dio media vuelta a su vez y emprendió el regreso a casa de la señora Owen.

✳

Obviamente, sólo había un cabo del que comenzar a tirar, y ése era el agente Warner.

Runcorn llegó a la cocina de Warner a las ocho en punto de la mañana siguiente, habiéndose afeitado y subido la cuesta cuando aún era de noche para saber exactamente cuándo encendía Warner la luz.

—Hacemos todo lo que se nos ocurre —dijo Warner, ofreciendo a Runcorn una taza de té recién hecho que fue aceptada con agradecimiento. Hacía un día gélido, del este soplaba un viento cortante cargado de aguanieve—. Cuesta saber qué hacer después —prosiguió, agachándose para abrir la hornilla de modo que el calor se extendiera por la habitación. No miró a Runcorn—. ¿Gachas? —preguntó.

—Gracias. —Runcorn se había levantado demasiado temprano para contar con que la señora Owen le sirviera el desayuno, y en realidad apenas había pensado en él.

—Me siento impotente —agregó Warner con amargura.

Runcorn reparó en que era una manera indirecta de decirle que Faraday no estaba haciendo ningún progreso y que probablemente no sabía cómo continuar la investigación. Se había metido en camisa de once varas con su asunción de que era obra de un loco. Resultaba fácil comprender por qué lo había hecho, enfrentado a la brutalidad del crimen y al horror que había suscitado en todo el mundo, familiares y extraños por igual. El pueblo entero sufría bajo el peso de la conmoción como si la vida se hubiese oscurecido para todos sus habitantes. Algo irreparable había sido destruido.

Warner era demasiado leal para decir a las claras que Faraday perdía pie; de hecho, ni siquiera miró a Runcorn a los ojos mientras intentaba encontrar la manera adecuada de decirlo, pero ya lo había dado a entender.

—Tendrá que admitir que lo hizo alguien a quien ella conocía —dijo Warner en voz alta—. Nadie querrá darle la razón, pero no hay escapatoria. —Removió las gachas una última vez—. Luego habrá que empezar a hacer las preguntas que nos lleven a esclarecer la verdad. —Su voz transmitía más confianza de la que a todas luces sentía.

Warner repartió las gachas con el cucharón en dos cuencos que llevó a la mesa junto con una jarra de leche, cucharas y tanto azúcar como sal.

—Ahora bien, ¿qué clase de preguntas? —preguntó a Runcorn, a quien por fin miró a la cara una vez sorteada la farsa de no estar pidiéndole ayuda.

Ambos empezaron a comer mientras Runcorn pensaba detenidamente cómo contestar. Las gachas eran espesas y suaves y, cuanto más comía, más le gustaban. Se preguntó qué podía decir que fuese sincero a la vez que diplomático. ¿O acaso el tacto ya no importaba llegados a aquel punto? Habida cuenta de la crueldad y el peligro que entrañaba el asunto, lo más atinado era que sólo la verdad bastase. Si fuese él quien recibiera el caso de un tercero, ¿qué haría suponiendo que tuviera el control absoluto de la investigación?

Warner aguardaba a que él hablara. Estaba pálido por el extremo agotamiento fruto del miedo.

—Seré franco —le dijo Runcorn en voz baja—. De poco servirá insistir otra vez sobre dónde estaba cada cual, porque ya han contestado a eso y nadie va admitir que ha mentido. Me imagino que no han encontrado el cuchillo, ¿cierto?

Warner negó con la cabeza.

—Saldría de la cocina de alguien —observó Runcorn.

—¿Podemos saber a quién le falta uno? —sugirió Warner sin convicción—. Aunque eso vendría a ser lo mismo que decir que pensamos que ha sido uno de ellos, pues de lo contrario no lo investigaríamos.

—Y, por lo que sabemos, podrían haberlo limpiado y devuelto —agregó Runcorn.

Warner se estremeció, su rostro reflejó claramente lo que tenía en mente, el pollo del domingo trinchado con el arma homicida.

Runcorn apretó los dientes. Aquello era difícil, pero había prometido a Melisande que ayudaría, lo cual significaba que debía hacerlo con independencia de adónde le llevara la verdad, aun a riesgo de enojar a Faraday y posiblemente convertirlo en su enemigo. A nadie le agradarían las preguntas que había que hacer, pero investigar sin franqueza carecía por completo de propósito. Por dolorosa que fuese la verdad sobre el porqué de la muerte de Olivia y a manos de quién, había que descubrirla. E, inevitablemente, también saldrían a relucir otros secretos, locuras y vergüenzas. Tal vez la propia Melisande se vería obligada a ver cosas que hubiese preferido obviar. Runcorn tenía el presentimiento de que muy pocas cosas volverían a ser como antes.

¿Tendría que haberla advertido? ¿Debía hacerlo ahora? Por descontado, sabía la respuesta en el fondo de su corazón. A veces en el pasado había optado por lo conveniente, dicho lo que correspondía, hecho la vista gorda. Así había ganado el ascenso que Monk nunca alcanzó. También le había valido el desprecio de Monk y, para ser sinceros, incluso el suyo propio. Jamás podría tener el amor de Melisande, y le dolía pensarlo, pero conservaría la integridad que le permitía mirarla a la cara sin avergonzarse.

—No sé si sir Alan querrá buscar el arma con más detenimiento —dijo finalmente a Warner—; pero lo que yo haría, si fuese asunto mío, sería averiguar más cosas sobre la propia señorita Costain hasta enterarme de cuanto pudiera sobre quienes la amaban y odiaban en realidad. ¿Quién podía verla como una amenaza o una rival? Y, para hacer eso, también tendría que saber mucho más sobre su familia y todas las personas que formaban parte de su vida.

—Entiendo —dijo Warner despacio, pensando lo que eso podía significar. Escrutó el semblante de Runcorn y constató que no había ni rastro de falsedad en su expresión, que no había manera de eludir la verdad—. Pues entonces tendremos que hacerlo, ¿no? —Fue una aseveración—. Hasta ahora sólo me había ocupado de robos, algún que otro desfalco y, en una ocasión, un incendio. Un asunto muy feo. Me figuro que esto será mucho peor. Necesitaremos su ayuda, señor Runcorn. —Esta vez hubo un matiz de duda en su voz. Lo estaba pidiendo tan abiertamente como se atrevía a hacerlo.

Para Runcorn la suerte ya estaba echada, se lo había prometido a Melisande. Warner no podía agregar nada a eso. Pero ahora se daba cuenta de que, para investigar honradamente, debería hablar con Faraday y pedirle permiso, cosa que el jefe de policía tenía todo el derecho de denegar. Con sólo pensar en enfrentarse a él para suplicarle que le permitiera participar en el caso, se le hacía un nudo en el estómago. Pero, como investigador, sería una nulidad a no ser que contara con la aprobación de Faraday. La solución más simple quizá fuese pedirla y que se la denegara. Melisande tendría que aceptarlo. Vería la ineptitud de Faraday, que achacaría a su orgullo, y disculparía a Runcorn.

Ahora bien, ¿sería capaz de disculparse a sí mismo? Ni por asomo. Para ser sincero, podría emplear su astucia y pedírselo a Faraday de modo que éste no pudiera negarse. En el pasado había cometido tantos errores debido a su torpeza verbal, falta de juicio y egoísmo, que a aquellas alturas debería haber aprendido la lección. Si se lo proponía en serio, podría poner a Faraday en una posición en la que le resultara imposible rechazar su ayuda. Aquélla era la única oportunidad que tendría para convertirse en el hombre que nunca había conseguido ser. Siempre había permitido que el orgullo, la ira y la ambición se lo impidieran.

—Tendré que pedirle permiso a sir Alan —dijo a Warner, y vio que el semblante del agente se ensombrecía al instante—. No puedo hacerlo a sus espaldas, auque me gustaría.

Warner negó con la cabeza.

—Seguro que no se lo da.

—Si se lo pido adecuadamente, puede que sí —explicó Runcorn—. Le resultaría difícil decir que no delante de usted y de cualquier otro hombre que tenga trabajando en el caso, y más en presencia del párroco. O incluso de la señora Costain. Estaba muy unida a Olivia. Le costaría explicar por qué rechaza mi ayuda.

Warner abrió mucho los ojos con renovado respeto al caer en la cuenta de lo que Runcorn le estaba diciendo.

—Vaya, nunca se me habría ocurrido algo así —dijo despacio—. Me parece que tendré que hablar con la señora Costain para ver cómo lo hacemos. Es usted un hombre muy listo, señor Runcorn, y no sabe cuánto aprecio tenerlo de nuestra parte.

Así fue como aquella misma noche Runcorn subió la cuesta con Warner bajo un fuerte aguacero. Llamaron a la puerta de casa del párroco pocos minutos después de que sir Alan Faraday hubiese entrado a informar al señor y la señora Costain sobre sus progresos en el caso. Warner también debía presentarse, de modo que el ama de llaves no tuvo inconveniente en coger sus abrigos mojados y acompañarlos a la sala donde los demás estaban reunidos en torno a la chimenea.

Naomi Costain parecía varios años mayor que hacía una semana. Sus pronunciados rasgos estaban profundamente marcados por la aflicción, tenía el cutis tan pálido que se diría que estaba muerta de frío aunque la estancia estaba caldeada. Vestía de negro riguroso. Su atuendo no invitaba a pensar en una ostentosa muestra de luto, sino más bien en que no le prestaba la más mínima atención desde el trágico suceso. Llevaba el pelo recogido, apartado del rostro, pero de un modo que no la favorecía.

El propio Costain, sentado en un sillón, presentaba el alzacuello torcido y la espalda encorvada. Faraday estaba de pie, erguido con aire militar ante el fuego, lo que quitaba calor a los demás, aunque al parecer no era consciente de ello. Dirigió a Warner una mirada esperanzada; pero acto seguido, al ver a Runcorn, volvió a endurecer su expresión.

—Buenas noches —dijo lacónicamente—. ¿En qué

podemos servirle, señor Runcorn? —No empleó el rango de Runcorn en la policía aunque lo conocía de sobra.

Runcorn evaluó la situación. No había lugar para las evasivas. Tenía que explicarse o batirse en retirada. Se sintió estúpido por haber dejado que Warner organizara el encuentro delante de Costain y su esposa. Ahora su humillación tendría una notoriedad mucho más pública. Faraday no podía permitirse quedar mal delante de terceros; aquél había sido un error táctico pero ya era demasiado tarde para enmendarlo. Eligió sus palabras con sumo cuidado, cosa que no tenía costumbre de hacer.

—Parece tratarse de un caso mucho más complicado de lo que parecía al principio —comenzó—. Me imagino que, faltando tan poco para la Navidad, andará escaso de personal, como todo el mundo; sobre todo, de hombres acostumbrados a encargarse de asesinatos.

El silencio que siguió fue ensordecedor. Todos tenían los ojos puestos en él, Costain con desconcierto, Naomi con esperanza, Faraday con desdén.

—En esta isla apenas se cometen delitos —contestó Faraday—. Y éstos consisten mayormente en algún robo y alguna pelea, que se suele producir porque alguien pierde los estribos; no son actos violentos a sangre fría.

—Sí —corroboró Costain enseguida—. Aquí... nunca habían matado a nadie... al menos desde que yo llegué. Nunca nos habíamos enfrentado a algo semejante hasta ahora. ¿Qué... qué aconseja usted? —Faraday lo fulminó con la mirada. La pregunta de Costain había sido muy poco diplomática.

Runcorn supo quitarle hierro al asunto. Una muestra de orgullo o el más leve atisbo de superioridad profesional, y se vería excluido, de modo que Faraday no tendría opción de cambiar de opinión y pedirle que se uniera él.

—No sé lo bastante para aconsejar —dijo de inmediato—. Mi única intención era ofrecer la ayuda que pueda prestarles, arrimar el hombro, por decirlo así.

Faraday cambió el peso de pie sin moverse de delante del fuego.

—Gracias —dijo Naomi con franqueza, rompiendo el incómodo silencio.

—¿Para hacer qué? —preguntó Faraday con un tono mordaz.

Runcorn vaciló, preguntándose si Faraday había dicho aquello para que se explicara o si se trataba de una manera indirecta de pedirle consejo. Miró a Faraday, que, como de costumbre, iba impecablemente vestido y peinado; aunque presentaba unas profundas ojeras oscuras y la tensión de su porte poco tenía que ver con el frío. Se hallaba en una posición nada envidiable y, con una punzada de compasión que lo desconcertó, Runcorn se dio cuenta de lo perdido que andaba Faraday. Nunca se había enfrentado a un asesinato hasta entonces, y personas asustadas y perplejas recurrían a él en busca de un auxilio que no sabía cómo darles.

—Para hacer algunas de las preguntas que quizá nos conduzcan a quienquiera que atacara a la señorita Costain —contestó. Eligió el verbo «atacar» porque resultaba menos crudo que «asesinar». Fuera tronaba y la lluvia golpeaba las ventanas.

—¿A quién? —Faraday enarcó las cejas—. Ya hemos interrogado a quienes viven cerca del cementerio. Beaumaris entero está consternado con lo sucedido. Todos ayudarían si pudieran.

—No, señor —dijo Runcorn sin pensar—. Al menos hay una persona que no, y quizá muchas otras. —Hizo caso omiso del entrecejo fruncido de Faraday y del ademán negativo de Costain—. Y no porque sepan quién es el culpable —explicó—. Por otras razones. En la vida de cualquiera existen cosas que preferimos que los demás no sepan: equivocaciones, situaciones embarazosas, asuntos privados o que podrían comprometer a personas que amamos o a las que debemos lealtad. Es natural proteger la intimidad. Todo el mundo lo hace.

Costain volvió a hundirse en el sillón. Quizá siendo ministro empezara a comprender.

Faraday lo miraba fijamente.

—¿Qué insinúa, Runcorn? ¿Que hurguemos en la vida privada de todos los vecinos? —Lo dijo con un inconmensurable desagrado.

Una vez más, Runcorn vaciló. ¿Cómo diablos contestar a aquella pregunta sin ofender a Costain y a su esposa ni tampoco achantarse hasta el punto de perder la única oportunidad que tenía de llevar a cabo una investigación en condiciones? Sabía que la respuesta debía ser categórica, pero aborrecía tener que darla. Con sólo pensar en Olivia tendida en el cementerio, empapada en su propia sangre, y en su promesa a Melisande, se armó de valor.

—Hasta que descubra usted el motivo de este crimen, sí; eso es lo que insinúo —contestó, sosteniendo con firmeza la mirada azul de Faraday—. Todo asesinato es violento, trágico y repugnante. Carece de sentido investigarlo como si se tratase del robo de un par de morillos o una cubertería de plata. Es fruto del odio o del terror, no de un mal momento de codicia.

Costain dio una sacudida como si lo hubiesen golpeado.

—¡Pero bueno! —protestó Faraday.

—Al señor Runcorn no le falta razón —dijo Naomi quedamente. Su voz sonó con una ligera indecisión en el silencio de la sala—. Todos debemos soportar pequeñas molestias o inconvenientes, si es necesario, para descubrir la verdad. Dice mucho en su favor, Alan, que desee protegernos, y agradezco su consideración, pero debemos plantar cara a... a lo que sea preciso si queremos pasar página.

Faraday sólo tardó un instante en volverse de nuevo hacia Runcorn. No tenía más remedio que darse por vencido. Se lo quitó de encima enseguida.

—Sí. Sí, lo lamento pero ésa parece ser la situación. Quizá resultaría útil que nos dedicara parte de su tiempo, un gesto muy honorable dado que imagino que está usted de vacaciones. Como es natural, debo requerirle que me informe regularmente, no sólo sobre aquello que crea usted haber descubierto sino también, por supuesto, sobre los pasos que tenga intención de dar. Lo mejor será que le explique lo que hemos hecho hasta ahora y que le indique por dónde comenzar.

—Sí, señor —dijo Runcorn en voz baja. No tenía la más remota intención de obedecer órdenes de Faraday, a quien a todas luces preocupaban tanto las apariencias y la clase como los lados más oscuros de la verdad.

Faraday se volvió hacia Costain.

—Quisiera hablar un momento a solas con Runcorn... —solicitó—. ¿Podríamos utilizar el estudio?

—Oh... sí, sí, claro. —Costain se puso de pie cansinamente. Parecía un anciano, se le veía confundido, ofuscado y falto de soltura—. Tengan la bondad de acompañarme.

Runcorn se excusó ante Naomi, agradeciéndole su apoyo, saludó a Warner inclinando la cabeza y luego siguió a Faraday y a Costain a través del vestíbulo hasta un pequeño estudio donde el fuego era un mero rescoldo, si bien irradiaba un considerable calor, dado que Faraday no volvió a colocarse delante de él. Gruesas cortinas de terciopelo resguardaban de la noche, y las salpicaduras de lluvia contra los cristales apenas eran audibles. Las paredes estaban forradas de estanterías. Runcorn tuvo ocasión de comprobar que, como era de prever, gran parte de los libros versaban sobre teología y unos pocos sobre historia y geografía de las tierras bíblicas, con inclusión de Egipto y Mesopotamia.

En cuanto la puerta se cerró a espaldas de Costain, Faraday se volvió hacia Runcorn. Fuera volvió a retumbar un trueno.

—Agradezco su colaboración, Runcorn, pero quisiera dejar las cosas bien claras. No voy a tolerar que se apropie de esta investigación como si esto fuera un barrio pobre de Londres. No va a interrogar a estas buenas gentes acerca de su vida como si fuesen criminales. Son las víctimas de una tragedia espantosa y merecen toda nuestra compasión. ¿Entendido? —Parecía dubitativo, como si ya estuviera buscando la manera de librarse de su propia decisión de permitir que Runcorn le ayudara.

—Incluso en Londres hay personas capaces de mostrar honor y aflicción cuando un ser amado muere asesinado —dijo Runcorn con vehemencia, sus buenas intenciones barridas por un enojado afán de proteger a la gente que había conocido, así como a todas las demás víctimas de pérdidas semejantes, fueran quienes fueran. Los pobres no amaban menos ni eran inmunes al dolor.

Faraday se sonrojó.

—Perdón —dijo con brusquedad—. No me he expresado bien. Pero estas personas son mi responsabilidad. Será tan discreto como pueda y me informará cada vez que descubra algo que pueda guardar relación con la muerte de la señorita Costain. ¿Por dónde propone que empecemos?

—Por la familia —contestó Runcorn—. Ante todo, me gustaría saber mucho más sobre ella. Por desagradable que sea, la mató alguien que tenía delante, y no estaba huyendo de su agresor. Tenía que conocerlo. Si la hubiese abordado un desconocido en plena noche estando sola en el cementerio, sin duda habría huido o, como mínimo, habría opuesto resistencia. Y no hizo ninguna de las dos cosas.

—Por el amor de Dios, ¿qué insinúa? —dijo Faraday con voz ronca—. ¿Qué la asesinó alguien de su familia? Eso es una atrocidad, y no le permito que...

—Le estoy refiriendo los hechos a usted —le interrumpió Runcorn—. Está claro que no hablaré en estos términos con la familia. ¿Qué sugiere, señor? ¿Que dejemos que quien lo hizo se salga con la suya porque buscarlo quizá resulte incómodo o embarazoso?

Faraday estaba lívido.

De repente, a Runcorn se le ocurrió una idea.

—Si me permite hacer las preguntas desagradables, sir Alan, al menos se ahorrará usted que lo culpen de eso. De esta manera estará en condiciones de ofrecer consuelo a las familias. —Se abstuvo de añadir que Faraday podría culpar a Runcorn de cualquier ofensa a su intimidad, pero eso quedaba sobreentendido.

Faraday se agarró a aquel clavo ardiendo.

—Sí, supongo que es así. De modo que más vale

que se ponga manos a la obra. Pero, por lo que más quiera, hágalo con tacto. Eche mano de toda la sensibilidad que tenga.

Runcorn se mordió la lengua para no contestar.

—Sí, señor —dijo entre dientes—. Comenzaré de inmediato con el señor Costain, en cuanto usted haya acabado de hablar con él.

—¡Por Dios! —explotó Faraday—. Ya son casi las ocho de la noche. Conceda un poco de paz a ese pobre hombre. ¿Es que no tiene...?

—Ningún tiempo que perder —concluyó Runcorn por él—. Mañana no será menos doloroso.

Faraday le dedicó una mirada de profundo desagrado, pero no se molestó en seguir discutiendo.

Al cabo de poco más de un cuarto de hora se abrió la puerta y entró Costain solo.

—Por favor, siéntese, señor —dijo Runcorn, señalando la butaca del otro lado del escritorio.

Costain obedeció. El ángulo de luz que emitía la lámpara de gas de la pared mostraba los estragos de su rostro con inusitada claridad.

—Lamento hacerle pasar por esto, señor Costain —comenzó, y lo dijo sinceramente. El semblante avejentado del párroco revelaba vívidamente sus emociones—. Procuraré ser lo más breve posible.

—Gracias. Le agradecería que no inquietara a mi esposa con esto. Ella y Olivia estaban... —Se le hizo un nudo en la garganta y precisó unos instantes para recobrar el dominio de sí mismo—. Estaban muy unidas, como hermanas de sangre, pese a la diferencia de edad —concluyó.

El rostro de Costain pareció volver a la vida al recordar el pasado.

—Ambas adoraban la isla —prosiguió el párroco—. Daban largas caminatas, sobre todo en verano. Se llevaban un picnic y pasaban todo el día fuera, cuando sus deberes se lo permitían. A mi hermana le encantaban las flores silvestres. Aquí hay muchas variedades que no se dan en ninguna otra parte. Por no hablar de los pájaros. A Olivia también le encantaban. Se pasaba horas viéndolos dejarse llevar por el viento.

Un recuerdo tan vívido como fugaz devolvió a Runcorn el rostro de Olivia al pasar junto a él por el pasillo de la iglesia y le resultó sencillo creer que su corazón había volado con los pájaros y su imaginación mucho más allá de los confines de aquella tierra. No era de extrañar que la hubiesen matado con pasión. Era la clase de mujer que suscitaría sentimientos incontrolables en el prójimo: ineptitud, fracaso, desatino y frustración, quizás envidia. Amor, no; el amor, aun no siendo correspondido, no destruía como habían destruido a Olivia.

Costain se había sobrepuesto de nuevo, al menos lo suficiente para proseguir.

—Aunque no acabo de ver en qué va ayudarle todo esto, señor Runcorn. Olivia era... bondadosa pero... lamento decirlo, indisciplinada. Era muy compasiva, nadie era más generoso ni diligente cuando se trataba de atender a los necesitados de la parroquia, tanto en lo material como brindando su amistad; pero no tenía el menor sentido del deber.

Runcorn se quedó confundido.

—¿Del deber? —cuestionó.

—De lo que es apropiado, de lo que es... —Costain buscó la palabra. Su cara revelaba lo sumamente consciente que era de la diferencia social que los separaba, mientras trataba de encontrar la manera de explicar lo que quería decir sin causar ofensa—. Ya se le había hecho tarde para casarse —dijo con un leve rubor en las mejillas—. Rechazó excelentes proposiciones sin otro motivo que su... tozudez. Confié en que aceptara a Newbridge, pero se mostró renuente. Lo que esperaba de él era muy poco realista y no conseguí convencerla. —El tono dolorido de su voz era como una herida abierta—. Le fallé por completo —susurró.

—Tengo entendido que el señor Barclay también le hizo la corte —dijo Runcorn, ansioso por romper el silencio con algo más que compasión.

—¡Oh, sí! Y habría sido un gran partido para ella, pero tampoco quiso aceptarlo.

Costain encorvó la espalda confundido y derrotado.

Runcorn veía a Olivia como una hermosa criatura que se negaba a que la aprisionaran los muros de las convenciones sociales y de las ideas que otras personas tuvieran sobre su obligación. Recordó a Melisande en el umbral de la casa de su hermano en Londres, deseosa de ayudar porque había visto a un hombre salir de la casa vecina en la que se había cometido un asesinato; pero Barclay le había ordenado que se quedara dentro porque no estaba dispuesto a que ninguno de los dos se viera envuelto en algo tan escabroso como un homicidio. Le traía sin cuidado el daño que pudiera causar a su hermana aquel cargo de conciencia que ella disimulaba. Probablemente ni siquiera se le había pasado por la cabeza. ¿Le preocupaba el bienestar de Melisande y trataba de protegerla de peligros que ella no veía? ¿O simplemente se protegía a sí mismo?

Runcorn vio en Costain a un hombre prisionero de su vocación y de su condición social, atado a obligaciones que no tenía capacidad de satisfacer. Tal vez nadie pudiera. Su sufrimiento era tan grande que la única ayuda que Runcorn podía ofrecerle era de carácter práctico.

—Gracias, señor —dijo Runcorn con toda la amabilidad de que fue capaz—. ¿Tendría la bondad de pedir a la señora Costain que me dedique unos minutos?

Costain levantó la vista de golpe.

—Le he pedido que no cause más desazón a mi esposa, señor Runcorn. Creía que lo había entendido.

—Quisiera poder complacerle, señor, pero no puedo. Es posible que ella esté en condiciones de contarme cosas que la señorita Costain le confiara, una riña, alguien que la molestara o la atosigara...

—¡Está insinuando que fue alguien que conocía a mi hermana! Eso es absurdo —sentenció, levantándose.

Runcorn se sintió cruel.

—Fue alguien a quien ella conocía, señor Costain. Las pruebas lo dejan claro.

—¿Pruebas? ¡Faraday no me ha hablado de ninguna prueba!

—Puedo referírselo todo, si así lo desea, pero creo que sería mejor que no tuviera que oírlo.

Costain cerró los ojos y pareció que se balanceara. Quizá sólo fue un efecto de la luz.

—Por favor, no le diga nada de esto a mi esposa. —Su voz apenas era un susurro—. ¿Es éste el motivo que le induce a pensar que Faraday no es la persona adecuada para llevar la investigación?

Pilló a Runcorn desprevenido. No se imaginaba que su opinión fuese tan patente. Desde luego, no había sido ésa su intención. ¿Acaso debía mentir? Costain merecía más respeto y ya estaba enterado de buena parte de la verdad.

—Sí, señor.

—Entonces haga lo que tenga que hacer.

Costain se volvió, fue hasta la puerta y manipuló torpemente el picaporte antes de lograr abrirla.

Naomi Costain entró en el estudio poco después, cerró la puerta y se sentó. Estaba pálida, y a la luz de la lámpara se veían los surcos de lágrimas recientes, aunque había hecho lo posible por disimularlas. Irradiaba una desesperanza mucho más elocuente que cualquier palabra.

—Seré tan breve como pueda, señora. —Runcorn tuvo una aguda sensación de intromisión.

—Por mí no se apure —contestó Naomi—. El tiempo no me importa. ¿Qué puedo contarle que vaya a serle útil?

—El señor Costain dice que usted y su cuñada estaban muy unidas. —Odiaba sus propias palabras, le sonaban trilladas—. Si supiera más cosas sobre ella, quizás entendería qué clase de persona quiso hacerle daño.

Naomi mantuvo la mirada perdida tanto rato que Runcorn comenzó a pensar que no iba a contestar, incluso que tal vez no había comprendido que le había hecho una pregunta. Tomó aire para enfocarlo de otra manera y, justo entonces, ella rompió el silencio.

—Tenía imaginación —dijo despacio, sopesando cada palabra para estar segura de que se ajustara a lo que quería decir—. No había modo de influir en sus ideas, mi marido encontraba que eso era... obstinación, como si no obedeciera deliberadamente. A mi juicio no se trataba de desobediencia. Creo que era una especie de honestidad. Pero a veces eso la convertía en una persona difícil.

Runcorn poco sabía acerca de la alta sociedad, y menos aún en una isla como aquélla. Necesitaba comprender las envidias, las ambiciones, los sentimientos que podían traducirse en la ferocidad que había visto perpetrada contra ella.

—¿Había alguien a quien desafiara? —preguntó, buscando una manera de averiguar lo que quería sin causarle más aflicción—. Era muy guapa. ¿Había hombres que la admiraran, mujeres que fueran sus rivales?

Naomi sonrió.

—¿La conocía?

Runcorn se sintió como si se le acabara de escapar una oportunidad.

—No. Sólo la vi una vez, en la iglesia.

La sonrisa se desvaneció.

—Ah. Sí, por supuesto. Supongo que había quien la envidiaba. Son cosas que pasan, sobre todo a quienes no se conforman con el estilo de vida que se espera de ellos. No tenía muchas amistades, a veces perdía la paciencia. No es una buena cualidad. Yo confiaba en que, con el tiempo, aprendiera a dominarse. —Suspiró—. Le gustaba la señora Ewart. Al principio pensé que sólo era porque venía de Londres y traía un toque de glamour consigo. Pero luego percibí que era algo más profundo. Compartían algo que a mí se me escapaba.

La tristeza le pintó el rostro otra vez: una especie de soledad que, para su asombro, Runcorn creyó comprender. Era la conciencia de saberse excluida, como si alguien se hubiese marchado dejándola sola y a oscuras.

—¿Era feliz? —preguntó Runcorn impulsivamente.

Naomi lo miró sorprendida.

—No. —Se arrepintió de inmediato—. Quiero decir que siempre estaba inquieta, como si buscara algo. Yo... no, en serio, no me haga caso, por favor, estoy diciendo tonterías. Lo cierto es que no sé quién podía estar tan trastornado por la envidia o el miedo como para hacer algo semejante.

Runcorn tuvo el convencimiento de que Naomi mentía. Sabía algo que no estaba dispuesta a contarle.

—Lo mejor que puede hacer por ella, señora Costain, es ayudarnos a encontrar a quien la mató —dijo con apremio.

Naomi se puso de pie con cara de cansancio y lo miró a los ojos.

—¿De verdad cree que sería lo mejor, señor Runcorn? Qué poco nos conoce, o quizá no conozca a nadie. Usted es un buen hombre, pero no sabe nada del viento y las olas del corazón. Atrapados en tierra —agregó, camino de la puerta—. Todos ustedes están atrapados en tierra.

Se había hecho muy tarde para que Runcorn viera a alguien más aquella noche, y estaba demasiado confundido para asimilar más información. Dio las gracias a Costain y salió a la oscuridad para regresar a la pensión de la señora Owen. La lluvia había cesado y el viento era gélido, pero se sintió agradecido de estar vivo. Le gustaban el olor limpio del mar, con toda su bravura, y la ausencia de sonidos humanos. No había voz alguna, ningún trote de caballos, ningún traqueteo de carruajes, sólo el ululato de un cárabo.

Resultó harto complicado conseguir una entrevista con Newbridge. Runcorn tuvo que afanarse casi toda la mañana hasta que por fin se encontró cara a cara con él en su salón recibidor. La casa era antigua y confortable. Seguramente llevaba erigida en aquellos terrenos dos siglos o más, habitada por la misma familia en tiempos de bonanza y penuria. En las paredes había retratos que presentaban rasgos parejos y que se remontaban hasta la época de Cromwell y la Guerra Civil. Iban ataviados con los volantes y puntillas de los Reales.* No había ningún Puritano de rostro adusto con alzacuello.

Algunos muebles habían sido magníficos en su tiempo, pero ahora mostraban los estragos del uso, con patas desiguales y algunas superficies manchadas que reclamaban una pronta restauración. Aunque Runcorn no tuvo ocasión de fijarse en nada más, porque se dio cuenta de lo impaciente que estaba Newbridge.

—¿Qué es lo que quiere, señor Runcorn? —preguntó con voz sorda, cambiando el peso de pie como si ansiara marcharse a otra parte—. No tengo nada que decirle a propósito de la muerte de la pobre Olivia. De lo contrario, se lo habría dicho a Faraday, ¡por Dios! ¿Acaso no basta con que hayamos sufrido esta tragedia para que encima tengamos que airear una y otra vez nuestros recuerdos y nuestro pesar ante desconocidos?

Se apoyaba en la repisa de la chimenea. Era un

* En inglés, *Cavaliers*, término usado por los parlamentaristas para designar a los reales, partidarios del rey Carlos I durante la guerra civil inglesa (1642-1651). *(N. del T.)*

hombre elegante, alto y más bien delgado, con abundante pelo ondulado y la frente despejada. Tenía los ojos avellana, hundidos, y torcía los labios con la misma expresión de enojo que había llamado la atención de Runcorn en la iglesia.

A Runcorn se le agotaban las reservas de tolerancia. La pérdida tenía efectos distintos en las personas, y casi ninguno de ellos agradable. En los hombres, con frecuencia se convertía en ira, una especie de furia contenida, como si les hubiesen asestado un golpe.

Runcorn se tragó sus propias emociones.

—Con vistas a formarnos una idea más precisa sobre quién pudo haberla matado, señor, necesito saber más acerca de ella. Ahora mismo su familia está abrumada por la pena y, como es natural, sólo ven un lado de ella. Es muy difícil no hablar bien de seres queridos a los que aún se llora. Y, sin embargo, también eran humanos. No la mataron por accidente. Alguien que estaba consumido por una rabia infame estuvo cara a cara con ella, pero ella no huyó ni en el último instante. Eso requiere una explicación.

Newbridge estaba muy pálido, el pecho le subía y le bajaba como si hubiese escalado una cumbre muy alta y le costara trabajo respirar.

—¿Está diciendo que algún rasgo de su personalidad provocó la agresión, señor Runcorn? —dijo al fin.

—¿Le parece imposible? —replicó Runcorn sin levantar la voz, como si se estuvieran haciendo confidencias.

—Vaya... me pone... me pone en una situación muy peliaguda —protestó Newbridge—. ¿Cómo voy a guardar el decoro si contesto a semejante pregunta?

—No tuvo nada de decoroso el modo en que la mataron o, mejor dicho, el hecho de que la mataran —señaló Runcorn.

Newbridge suspiró. Se puso aun más pálido.

—En tal caso, el honor me obliga a hablar con más franqueza de la deseada. Pero, si cuenta a su familia algo de lo que yo le diga, lo negaré. —Runcorn asintió inclinando apenas la cabeza—. Olivia era encantadora —dijo Newbridge, mirando más allá de Runcorn, a una lejanía que sólo él podía ver—. Y hermosa, aunque me imagino que eso ya lo sabe. Tenía veintiséis años, edad en que la mayoría de las mujeres se ha casado y tiene hijos; sin embargo, ella se negaba a crecer. —Se puso tenso—. No asumía ninguna responsabilidad de sí misma —prosiguió Newbridge—, lo cual ponía una carga injusta a hombros de su hermano. En mi opinión, se aprovechaba de que su hermano no tiene hijos para prolongar su inmadurez y hacer que él cuidara de ella, cuando hacía mucho tiempo que debería haber asumido esa carga ella misma.

—¿Piensa que el reverendo Costain se sentía contrariado por su actitud?

—Es demasiado buen hombre para haberse negado a cuidar de ella —contestó Newbridge—. Y, francamente, creo que la consentía demasiado. Su sentido del compromiso como pastor cristiano era desproporcionado. Ella lo sabía y se aprovechaba.

Aquello era lo más duro que Runcorn había oído sobre Olivia, y se quedó perplejo al constatar cuánto le dolía. Por cuanto sabía, bien podía ser verdad. Sin embargo, se sintió como si lo hubieran dicho de Melisande. No supo qué contestar. Se guardó mucho de revelar sus sentimientos, sin darse cuenta de que tensaba los músculos y se clavaba las uñas en las palmas de las manos.

—¿En serio? —masculló entre dientes—. ¿Se aprovechó igual de la buena voluntad de alguien más?

Un silencio sepulcral se prolongó unos instantes. Fuera se oyó ladrar a un perro y una ráfaga de lluvia golpeó las ventanas. Aquel sonido apremiante hizo que Newbridge regresara al presente como si se rompiera un ensueño. La ira que lo dominaba estaba bien amarrada, o quizá fuera pesadumbre. Runcorn no supo a qué atenerse por más que escrutó su semblante. Tenía la sensación de estar siendo impertinente. Aquel hombre había querido casarse con Olivia. Debía de ser muy duro para él dominar sus sentimientos ante la curiosidad de un desconocido que la había visto muerta de la forma más espantosa pero que no la había conocido ni amado en vida.

—Que yo sepa, no —dijo Newbridge finalmente—. La señora Costain le profesaba un gran afecto, y también tenía otras amistades. Como la señora Ewart. El señor Barclay la cortejaba. Aunque me figuro que eso ya lo sabe. Era amiga de Kelsall, el coadjutor, y de otras muchachas del pueblo, si bien se trataba de relaciones superficiales. La mayoría estaban casadas, claro, y no dedicaban su escaso tiempo libre a perseguir sueños imposibles como ella. —Volvió a apartar la mirada de Runcorn, como si intentara fingir ausencia—. Tampoco se pasaban horas leyendo —prosiguió—. Quizá se conocieron en alguna obra benéfica. Olivia siempre estaba dispuesta a ayudar a los menos afortunados, tanto si éstos lo merecían como si no. Era generosa por naturaleza... —Se calló de repente. Seguía mirando a otra parte—. Oiga, de verdad que no puedo ayudarle. No sé quién querría hacerle daño ni por qué. La única sugerencia que le puedo dar es que investigue más a fondo a John Barclay. Llegó a la isla no hace mucho. Es londinense. Quizá la indecisión de Olivia le agotó la paciencia. Por otra parte, tal vez sólo sea que me cae mal. —Por fin miró de frente a Runcorn—. Y ahora, si me disculpa, no tengo nada más que añadir. El mayordomo lo acompañará a la puerta.

❧

Runcorn no tuvo más remedio que ir a ver a Barclay a continuación. Aquella entrevista no le apetecía lo más mínimo pero no podía evitarla. ¿Realmente era posible que hubiese perdido los estribos con Olivia y que se hubiese enfrentado a ella en el cementerio con un cuchillo de trinchar? A Runcorn le caía mal Barclay, pero le costaba creerlo. No dudaba que tuviera mal genio, incluso que fuese capaz de arrear un puñetazo a otro hombre; pero un asesinato premeditado con tan sanguinaria violencia no cabía ni en la imaginación de Runcorn.

Sin embargo, mientras subía por el camino de entrada hacia la mansión, resguardado por los laureles y haciendo crujir la gravilla, notó que el miedo le cerraba la boca del estómago. Ni por un instante temió que Barclay fuera a atacarlo y, aunque lo hiciera, Runcorn jamás había sido un cobarde. Era alto y fuerte, y había librado muchas batallas en las calles del East End en sus años mozos. Eran el sufrimiento y el odio los que lo amedrentaban, la brutalidad de que Melisande descubriera que su hermano fuese capaz de semejantes actos para luego tener que enfrentarse a la vergüenza pública. El escándalo la perseguiría mientras viviera, no porque tuviera culpa alguna, sino por mera asociación.

Ahora bien, si Runcorn lo dejaba correr, aunque fuera por el bien de ella, se traicionaría a sí mismo y faltaría a los principios en los que creía y que había jurado respetar y defender. Estaba al servicio de la ley y del pueblo, y de pie ante el umbral de aquella hermosa casa en la isla de Anglesey como si se tratara de una encrucijada en el viaje de su mente, aquello era más importante que complacer a cualquiera. Si rompía su juramento, cuando luego se separara de Melisande y abandonara Anglesey no le quedaría nada.

El mayordomo abrió la puerta e invitó a Runcorn

a pasar al salón de día anunciando que avisaría al señor Barclay de su llegada.

Runcorn aceptó y siguió a la envarada figura del criado a través del parquet del vestíbulo hasta una confortable estancia que daba a un jardín lateral. La chimenea estaba encendida y había varios sillones dispuestos en círculo en torno al fuego. Vio dos librerías llenas de volúmenes que daban la impresión de haber sido muy leídos. Un cuenco con hojas y bayas de acebo descansaba en una mesa baja. Runcorn sabía que la casa sólo estaba arrendada para la temporada, pero el ambiente reinante inducía a pensar que sus habitantes se hallaban muy a gusto.

Barclay se personó al cabo de casi un cuarto de hora; sin embargo, parecía estar de bastante buen humor y no hizo objeción alguna a que Runcorn se hubiese presentado sin previo aviso.

—¿Ya han descubierto algo? —preguntó, tratando de entablar conversación mientras entraba y cerraba la puerta.

Runcorn se encontró algo relajado. Cayó en la cuenta de que Melisande le había allanado el terreno, al menos en la medida en que le había sido posible. Él debía corresponder con tacto, por su bien.

—Parece ser que la señorita Costain era una persona más compleja de lo que habíamos supuesto de entrada —contestó.

Barclay se encogió de hombros.

—Uno siempre desea hablar bien de los muertos,

sobre todo cuando han fallecido de manera violenta y en la flor de la vida. Cuestión de elemental buena educación, casi como las ofrendas de flores.

No se sentó ni invitó a Runcorn a hacerlo, de modo que ambos permanecieron de pie a ambos lados del fuego.

Le tocaba a Runcorn hablar. Procuró formular sus preguntas como si estuviera pidiendo ayuda.

—Estoy tratando de averiguar cuanto pueda acerca de dónde estaba todo el mundo hasta la hora en que la mataron. Algo tuvo que provocar lo que sucedió...

El semblante de Barclay denotó una comprensión inmediata.

—¿Se refiere a una riña, un descubrimiento o algo por el estilo?

—Exacto. —Runcorn se alegró de poder mostrarse de acuerdo—. El agente Warner ya ha avanzado bastante en esa dirección, pero me preguntaba si usted podría aportar algún dato más. Conocía a la señorita Costain. ¿Tuvo constancia de algo que ocurriera aquel día, alguien a quien viera o que estuviera enfadado o consternado con ella?

No estaba seguro de qué le esperaba. Por el momento, el mero hecho de hablar ya le parecía bien. Podría avanzar lentamente, pasando de pequeños detalles a pasiones de mayor alcance.

Barclay reflexionó un momento.

—A veces era una mujer difícil —dijo al cabo—.

Más soñadora que realista, si entiende lo que quiero decir. —Miró a Runcorn de hito en hito—. Algunas mujeres carecen de sentido práctico, sobre todo cuando siempre han estado al cuidado de un padre o de un hermano mayor y nunca se han parado a pensar en el mundo real. Olivia... Olivia era una consentida. Era encantadora y generosa. Podía ser una compañera excelente. Pero también era algo testaruda, se aferraba a sueños y fantasías infantiles que acababan resultando tediosos al cabo de un tiempo. Me daba lástima Costain. —Se encogió levemente de hombros, como confiándole un sobreentendido.

—¿Discutían? —preguntó Runcorn.

—¡Por todos los santos, no hasta el punto de coger un cuchillo y seguirla hasta el cementerio y matarla! —Barclay se mostró consternado—. Pero estoy convencido de que realmente puso a prueba su paciencia. No es tarea fácil hacerte responsable de tu hermana. Cuentas con las preocupaciones y obligaciones de un padre sin la autoridad que éste tendría. —Abrió las manos con un gesto de futilidad—. Jamás he dudado que Costain lo hizo todo lo bien que podía, pero Olivia era veleidosa, poco realista, según parece inconsciente de las responsabilidades contraídas a cambio. —Esbozó una sonrisa—. Me hizo agradecer que mi propia hermana sea mucho más sensata —prosiguió Barclay—. Faraday será un marido excelente para ella. Posee todas las cualidades que uno podría desear. Es de buena familia, puede proporcionarle una buena po-

sición económica y social. Tiene una reputación intachable, buen temperamento, en conjunto es un hombre honrado a carta cabal. Y además bien parecido, lo
cual no es ningún requisito pero nunca está de más.
Melisande es una mujer hermosa y podría elegir entre
unos cuantos. Me complace en grado sumo que tenga
más sentido común que Olivia y que no albergue fantasías absurdas.

Sostuvo la mirada de Runcorn sonriendo con firmeza y frialdad.

Runcorn tenía la cabeza invadida por una avalan-
cha de pensamientos y sentimientos arrolladores que
aplastaban toda sensatez y raciocinio. Se esforzó por
pensar en algo atinado que decir, algo puramente pragmático que borrara aquella sonrisita de suficiencia de
los labios de Barclay.

—Tiene razón —masculló con torpeza—. Un hombre cuerdo no asesina a su hermana porque ésta no se
avenga a casarse con el pretendiente que ha elegido
para ella. Pero ¿alguna vez le han dado a entender que
Costain no esté en su sano juicio?

La sonrisa de Barclay desapareció.

—No, por supuesto que no. En ocasiones, Olivia
podía poner a prueba la paciencia incluso de un buen
hombre; pero no cabe hacer reproche alguno a su hermano. Si fuese un hombre menos devoto de la dignidad, menos dominado por un afecto fraternal y más
por el de un amante, o aspirante a amante, entonces tal
vez no estaría tan... cuerdo. —Levantó muy ligeramente

los hombros—. Gracias a Dios no me corresponde a mí descubrir quién la mató. No se me ocurre nada más desagradable que husmear en los pecados y aflicciones del prójimo en busca de la depravación última, pero comprendo que alguien tiene que hacerlo si queremos que impere la ley. Si le puedo ser de ayuda, cuente conmigo para lo que necesite.

—Gracias —dijo Runcorn hoscamente.

Barclay rechazó su agradecimiento con un gesto de la mano y, antes de que Runcorn tuviera ocasión de formular la siguiente pregunta, prosiguió:

—Le quedaré muy reconocido si no atosiga a mi hermana con este asunto más de lo absolutamente imprescindible. Era amiga de la señorita Costain. Sus vidas coincidían en ciertos aspectos y Melisande es una mujer bondadosa, a veces una pizca ingenua. Era propensa a creer cualquier cosa que le contara Olivia, y me temo que no siempre le decía la verdad. Olivia no era una buena influencia. —Recobró la sonrisita—. Me alegra que Melisande sea la prometida de Faraday y que pronto comience su nueva vida. Tal vez habría sabido convencer a Olivia si no hubiera fallecido. Aunque, por desgracia, eso ya no tiene importancia. Si se me ocurre algo más, no dude que le informaré puntualmente. —Torció las comisuras hacia abajo—. Qué palabra tan fea, informar. Suena como si fuese algo clandestino, un tanto engañoso; aunque, por otra parte, defender al culpable de semejante crimen sería aun peor, ¿me equivoco?

Fue una pregunta ociosa, pues la respuesta era obvia. Runcorn tuvo que morderse la lengua y obligarse a mostrar conformidad.

—En efecto, señor. Un asesinato suele sacar a relucir muchos pecados veniales que a veces acaban por cambiar nuestras vidas por completo.

Barclay le miró fijamente con una expresión imposible de descifrar: ira, triunfo, conciencia de su propio poder y también incertidumbre.

—Gracias, señor Barclay —dijo Runcorn quedamente—. Agradezco su colaboración. Ojalá todo el mundo cumpliera así con su deber.

Si Barclay detectó algún atisbo de sarcasmo, no dio muestras de ello ni con un parpadeo.

❈

El coadjutor, Kelsall, era radicalmente distinto. Inclinaba hacia delante su esbelta figura al caminar y el ángulo de sus hombros revelaba cierta tensión. Runcorn lo alcanzó mientras caminaba obstinadamente a grandes zancadas aguantando el aguacero para efectuar sus visitas a los ancianos y necesitados de la parroquia. En condiciones normales, algunos de ellos eran atendidos por Costain; pero, habida cuenta de las circunstancias, el joven Kelsall lo había relevado.

—Quizá le parezca arrogante por mi parte —dijo a Runcorn, mientras caminaban juntos—. Hay personas que preferirían ver al pastor, pero ahora mismo no sólo hace compañía a la pobre señora Costain, sino que no sabe qué contestar a la gente. ¿Qué le pueden decir? ¿Que lo sienten? ¿Que era la persona más encantadora y llena de vida que jamás conocieron y que, con su muerte, es como si Dios hubiese quitado parte de luz al mundo? —Miraba resueltamente al frente—. ¿Y qué puede hacer él, salvo mostrarse de acuerdo y procurar no violentarlos con su sufrimiento? Es mejor que vaya yo. Al menos no se sienten obligados a consolarme. Puedo encargarme de sus problemas, que es para lo que estoy aquí.

—Pero usted la conocía bien y ha sentido mucho su muerte. —Runcorn sabía que ese comentario era cruel, pero prolongar el asunto mediante eufemismos sería como arrancar un vendaje poco a poco. Y también menos honesto.

—Éramos amigos —contestó Kelsall llanamente—. Podíamos hablar de toda clase de cosas sin necesidad de disfrazar nuestras opiniones. Si algo era divertido, nos reíamos, incluso aunque a veces hubiera personas como el párroco que lo considerasen poco apropiado. Era su hermano y mi superior, pero nos bastaba con cruzar una mirada para saber que el otro pensaba lo mismo. Ambos comprendíamos qué significa tener sueños... y pesares. —La voz le temblaba un poco—. Me cuesta imaginar que algún día alguien vuelva a gustarme tanto, tan plenamente.

Runcorn lo miró de reojo, inclinado hacia el viento y la lluvia, y no estuvo seguro de si eran lágrimas o gotas de agua lo que mojaba sus mejillas. Llegaron a la casa de un anciano feligrés y Runcorn aguardó fuera, tiritando al abrigo del porche hasta que Kelsall volvió a salir. Reanudaron la marcha.

—¿Es verdad que rechazó la proposición de matrimonio de Newbridge? —preguntó Runcorn al cabo de cuarenta o cincuenta pasos.

Kelsall encorvó la espalda y aligeró el paso con renovada decisión. Los truenos retumbaban en el horizonte.

—Era una mujer de sentimientos profundos —dijo, meneando un poco la cabeza al buscar las palabras apropiadas—. Una visionaria. Jamás podría haberla atado a cosas insignificantes. Eso la habría destrozado. Él no se daba cuenta. No la amaba, le gustaba lo que creía que era y no le prestaba la suficiente atención para darse cuenta de que estaba equivocado por completo. Dudo que siquiera... la escuchara. —De repente, miró a Runcorn—. ¿Por qué se casa la gente con personas a las que ni tan sólo escucha? ¿Cómo soportan tanta soledad? —Se estremeció y agitó las manos—. Claro que lo rechazó. ¿Qué otra cosa podía hacer?

Runcorn no contestó. Por un instante volvió a ver el rostro de la joven de verde al pasar junto a él en la iglesia; luego vio a Melisande y los rasgos anodinos del apuesto Faraday, y lo llenó la misma desesperación impotente que percibía en la voz de Kelsall. ¿Había amado a Olivia el coadjutor? ¿Habría sido algo infinitamente mayor que amistad si hubiese podido elegir? ¿Había un anhelo absolutamente distinto bajo la aflicción que exhibía su vulnerable rostro juvenil?

Caminaron juntos en silencio otro trecho y dejó a Kelsall en la casa del siguiente feligrés.

Subiendo de nuevo la cuesta para ir al encuentro de Warner, no cambió de parecer. Siguió considerando a Kelsall un amigo, tal vez un amigo íntimo, un confidente más perspicaz de lo que había supuesto al principio.

Los tordos alirrojos habían abandonado el campo. Confió en que regresaran después de la lluvia.

Pasó la tarde con Warner, pero lo único que sacaron en claro al poner en común sus hallazgos fue que la coartada de Kelsall quedaba ratificada por el despistado caballero a quien había visitado, que estuvo despierto hasta tarde a causa de la difteria.

A última hora de la tarde, poco antes del ocaso, el cielo se abrió de improviso dando paso a la cálida luz del sol poniente, que pintó de dorado las tierras más altas. De pronto, el mar era azul; y el estrecho de Menai, un resplandeciente espejo apenas rizado por el aliento glacial del cielo que susurraba al atravesarlo.

Runcorn salió a caminar otra vez, atraído hacia la orilla. Hacía frío, pero no le importaba. Le embriagaba aquella simplicidad, la perfecta fusión de la tierra firme y el cambiante mar, la ausencia de línea divisoria entre la una y el otro.

Se volvió y levantó la cabeza para observar las gaviotas que planeaban tierra adentro llevadas por corrientes invisibles, los arcos que trazaban de costado a toda velocidad, sus caídas en picado para acto seguido remontarse hasta el cielo como si no hicieran el menor esfuerzo para ascender a la luz y perderse de vista.

Reinaba un silencio casi absoluto, sólo se oía un leve murmullo de agua a su espalda. Londres nunca le había ofrecido una paz tan infinita. Allí siempre había ruido de actividad humana, un límite a la visión, a la posibilidad.

Comenzó a subir la loma alejándose de la costa. Tal vez estaba equivocado y se había permitido creer en límites cuando en realidad no existía ninguno, salvo los que él mismo se fijaba. Pensó en el pasado con otra perspectiva, casi como si estuviera analizando a otra persona. Se vio a sí mismo como un hombre de pragmático sentido común, cuyo juicio del carácter de los demás solía ser acertado pero carente de empatía. Le faltaba una pasión, entender lo que significaba soñar. ¿Se había resguardado de esas cosas por miedo a enfrentarse a su propia pequeñez? Había odiado la ira y el ardor de Monk, su impaciencia ante la estupidez, su arrogancia. ¿O acaso le habían dado miedo porque ponían en entredicho un conformismo que resultaba mucho menos peligroso?

¿Era eso lo que Olivia había hecho también, desafiar el conformismo? Había subido a aquellas colinas, lo sabía por Naomi Costain. Quizás incluso se hubiera detenido en aquel tramo llano del sendero a contemplar el fuego de la puesta de sol, como estaba haciendo él, y hubiera mirado el horizonte donde se fundían el cielo y el mar.

Pensando en Olivia, Runcorn se dio cuenta de que las personas apocadas como él, que carecen de un anhelo que las impulse, tienen miedo de quienes trastornan su mundo quitando los límites que los encierran y excusan su cobardía. Por eso había odiado a Monk.

¿Quién había odiado a Olivia? Naomi, no. Pero ¿y Costain? ¿Olivia le había cuestionado el edificio de su fe, la justificación cotidiana de su estatus, sus ingresos, su razón de ser? ¿Habría sido capaz de perdonárselo?

¿O no era más que un buen hombre que no comprendía a una hermana difícil que era responsabilidad suya alimentar y vestir, y mantener dentro de los límites de lo socialmente aceptable por el propio bien de ella?

El sol era una bola escarlata en el horizonte que, ante la mirada de Runcorn, se hundió en el confín del mundo derramando fuego sobre el mar. Decidió quedarse allí mientras caía la noche y lo envolvía, preguntándose qué había sentido Olivia. ¿Qué visiones había tenido, quizá muriendo por ellas? ¿Melisande se le asemejaba en algo o eran imaginaciones suyas? Él era un hombre práctico, entrenado durante años para encajar en el molde de la necesidad, y el único servicio real que podía prestar consistía en descubrir la verdad. Quizá no ayudaría a nadie señalar al culpable, pero sin duda era preciso hacerlo para librar de culpa a los inocentes.

Por la mañana, Runcorn se levantó temprano y tomó el abundante desayuno que la señora Owen le había preparado. La buena mujer parecía disfrutar llenándole el plato a rebosar de panceta, huevos y pastelillos de patata para luego observarlo mientras daba cuenta de todo ello. En realidad, Runcorn no quería comer tanto y al principio sólo lo hacía para corresponder al sentido de la hospitalidad de su patrona. Pero en los días subsiguientes, mientras desayunaba, había conversado con ella descubriendo con creciente interés la opinión que le merecían distintas personas del pueblo vinculadas al caso.

—El señor Costain es el hombre ideal para nuestra parroquia —le dijo—. Pobrecita, su esposa. Está muy sola, me parece. Sin hijos. No sabe cómo hablar sin decir nada, no sé si me explico. La gente no siempre quiere pensar. La señorita Olivia era igual.

Runcorn tenía la boca llena y no pudo pedirle que se explicara mejor; aunque le preocupó que, de hacerlo, ella fuese a pensar que quizás había hablado demasiado, mostrándose más reservada en lo sucesivo.

—¿Un poco más de té, señor Runcorn? —le ofreció, tetera en mano—. Es bueno para muchas cosas, desde un dolor de cabeza a un corazón partido. Una chica encantadora, la señorita Olivia. Pronta a la pena y la alegría, Dios la tenga en su gloria. Nunca encontró a nadie para ella, que yo sepa, pese a lo que se decía por ahí.

Runcorn engulló el bocado entero y le faltó poco para atragantarse.

—¿Qué se decía? —preguntó con voz ronca, alcanzando el té para aclararse la garganta.

—Sólo estúpidos chismorreos —contestó la señora Owen—. Todo mentira. ¿Le apetece otra tostada, señor Runcorn?

Runcorn rehusó, se acabó el té y salió en busca de Kelsall. Esta vez encontró al coadjutor en la iglesia, limpiando.

—¿Trae alguna novedad? —preguntó Kelsall, yendo a su encuentro con aire resuelto, haciendo revolear la sotana negra.

Runcorn sintió una punzada de fracaso, como si tuviera que hacerlo mejor.

—Todavía no.

—Tal vez si salimos no nos interrumpirán —sugirió Kelsall—. Aquí siempre estoy «de servicio», por así decirlo. Fuera hace frío, pero al menos no llueve.

Actuó según lo dicho, sin aguardar a ver si Runcorn estaba de acuerdo. En el cementerio acomodó su paso al de Runcorn, a quien guió hasta la verja, desde donde tomaron un camino que salía del pueblo hacia las colinas.

—¿Por qué se matan las personas, señor Runcorn? —preguntó—. Le he estado dando vueltas toda la noche. Si hay un hombre que lo sepa, seguro que es usted. Es una manera tan... tan bárbara y fútil de resolver las cosas.

Runcorn reparó en la gravedad del semblante de Kelsall y vio que la pregunta iba en serio. A lo mejor tendría que habérsela hecho a sí mismo años antes.

—Hay varios motivos —dijo meditabundo—. A veces es por codicia de dinero, de poder, de propiedades como una casa. A veces por cosas tan triviales como un adorno o una joya.

—Olivia, no —dijo Kelsall con certeza—. No poseía nada de valor. Dependía por completo de su hermano.

—La ambición —prosiguió Runcorn— puede empujar a la gente a la violencia o a la traición.

—La muerte de Olivia no es provechosa para nadie —respondió Kelsall—. Además, en estos pagos no hay nada a lo que aspirar. Todo es predecible, sólo hay cargos menores, nadie ostenta verdadero poder.

Runcorn repasó todos los casos anteriores que le vinieron a la mente, sobre todo, los crímenes pasionales.

—Celos —dijo con gravedad—. Era una mujer guapa y, según dice la gente, tenía un carácter que la hacía destacar, un ardor y un coraje que la diferenciaban de otras mujeres de su edad y condición. Eso también puede hacer que la gente se incomode, incluso que se sienta amenazada. Las personas son capaces de matar por miedo.

Kelsall siguió caminando en silencio.

—¿Qué clase de miedo? —dijo al fin.

Runcorn percibió el cambio de tono de su voz y supo que de repente estaban andando con pies de plomo, al borde mismo de la verdad. Debía actuar lentamente, quizás estuviera a punto de arrancar el velo de un sufrimiento que aquel joven había mantenido bien tapado.

—De toda clase —dijo, observando el perfil de Kelsall, los ojos y la boca medio ocultos—. A veces es miedo al dolor físico; pero, por lo general, se trata de miedo a la pérdida.

—Pérdida. —Kelsall paladeó la palabra con detenimiento—. ¿Qué clase de pérdida?

Runcorn no contestó, esperando que Kelsall sugiriera algo por su cuenta. Recorrieron juntos otros cincuenta metros. El viento estaba amainando, aunque había densos nubarrones en el este.

—¿Quiere decir miedo al escándalo? —preguntó Kelsall—. ¿O al ridículo?

—Desde luego. Muchas víctimas de chantaje han matado a sus torturadores.

¿Era aquello lo que había ocurrido? Tal vez Olivia había descubierto un secreto que alguien temía que fuese a utilizar en su contra. Miró tan atentamente como osó, pero no percibió ningún cambio en la expresión del coadjutor. Seguía mostrándose dolido y confuso.

No había más sonido que el del viento en la hierba

y, a lo lejos, el eco de las olas rompiendo contra las rocas.

—Olivia no era así —dijo Kelsall finalmente—. Jamás divulgaría un secreto de otra persona y mucho menos se aprovecharía de saberlo. ¿Para qué? Las cosas que deseaba no se podían comprar.

—¿Qué deseaba?

—Libertad —dijo Kelsall, sin el menor titubeo—. Quería ser ella misma, no la persona que las convenciones sociales dictaban que debía ser. Quizá todos lo deseamos, o pensamos que lo hacemos, pero pocos de nosotros estamos dispuestos a pagar el precio. Es doloroso ser diferente. —Se detuvo y miró a Runcorn—. ¿Por eso la asesinaron, porque hacía que otras personas fueran conscientes de lo normales que eran, de la facilidad con que renunciaban a sus propios sueños?

—Lo dudo —dijo Runcorn con amabilidad—. ¿Acaso quien fuese capaz de ver esa cualidad en ella no sabría también que matarla no cambiaría nada en lo relativo a su... futilidad?

—No, si era objeto de burla —contestó Kelsall—. Hay personas que no soportan que se rían de ellas. El ridículo puede resultar más hiriente de lo que algunas personas son capaces de aguantar, señor Runcorn. Atenta contra el mismo meollo de quien tú crees ser. Uno puede perdonar muchas cosas, pero no que le hagan verse como un ser ridículo, un cobarde. Esa clase de furia es puro ácido para el alma.

¿Estaba hablando de sí mismo? Faltó poco para que Runcorn se preguntara si estaba a punto de oír una confesión. Le dolería. Apreciaba de veras al muchacho. Había visto su delicadeza con los débiles y los ancianos, como si brindarles su ayuda fuese un privilegio, no una obligación.

—¿Qué es lo que sabe, señor Kelsall? —preguntó Runcorn—. Me parece que ya va siendo hora de que me cuente la verdad.

—Sé que Newbridge y Barclay estaban a matar por ella, pero no sé si alguno de los dos realmente la quería o si simplemente se odiaban porque la batalla era pública. Hay personas que no saben perder de buen talante.

Runcorn se esforzaba por seguirlo.

—De ser así, ¿no se matarían uno al otro en vez de matarla a ella?

Kelsall se encogió de hombros y echó a caminar de nuevo.

—Supongo que sí. O incluso a Faraday. Aunque ya es un poco tarde para eso.

—¿El jefe de policía? —Runcorn apuró el paso para alcanzarlo—. ¿Qué tiene que ver él con esto?

—Verá, también la cortejó, aunque hace ya algún tiempo —respondió Kelsall—. El pobre párroco pensó que sería un excelente partido, aunque unos pocos años mayor que ella. Creyó que así se apaciguaría. Pero ella no mostraba el menor entusiasmo y él no tardó en cansarse.

—¿Faraday? —Runcorn soltó el nombre con asombro y una suerte de enojo sordo y fugaz. Había cortejado a Olivia y ahora iba a casarse con Melisande. Olivia lo había rechazado. Y Melisande se había visto obligada a aceptarlo.

Runcorn estaba siendo ridículo, lo sabía, y aun así era incapaz de cortar aquel hilo de pensamiento. Quizás había perdido interés en Olivia porque era veleidosa, una soñadora irresponsable. Quizás amaba a Melisande porque era más delicada, una visionaria todavía capaz de amar lo real, lo humano y falible. Una mujer no sólo guapa, sino también lo bastante valiente para aceptar a un hombre corriente y quizá con el tiempo convertirlo en alguien más grande.

Kelsall seguía hablando, pero Runcorn había dejado de prestarle atención. Tuvo que pedir al coadjutor que repitiera lo que estaba diciendo y volver a centrar su atención en la única cosa que sabía hacer bien, en la habilidad que conformaba su identidad.

—Ha dicho algo acerca de Barclay —apuntó.

Kelsall meneó un poco la cabeza.

—Me parece que el párroco le envidia.

—¿Por qué? —Aunque Runcorn temía conocer la respuesta.

Kelsall sonrió sin ganas.

—La hermana de Barclay no discute con él. Sabe cómo hacerle entender lo que hay que hacer, lo que la vida nos exige si pretendemos sobrevivir. Creo que Barclay también habría sabido convencer a Olivia, sólo que se le pasaron las ganas poco antes de que muriera. No sé por qué, si no ya se lo habría dicho. El párroco encontraba que Barclay habría sido un buen marido para Olivia. Y eso que no era muy del agrado de la señora Costain. —Encogió levemente los hombros—. Aunque bien es cierto que tampoco le gustaba mucho Newbridge, o al menos eso me parecía. El párroco la acusó de querer que Olivia se quedara soltera porque le hacía mucha compañía. Pero, naturalmente, eso no era bueno para ella. Debía casarse y tener su propio hogar, e hijos, como cualquier otra mujer. Y, a decir verdad, supone un gasto importante para el estipendio de un clérigo vestir y mantener a dos mujeres. —Parecía muy apesadumbrado—. El miedo a la pobreza no es lo mismo que la codicia, señor Runcorn. Realmente, no tiene nada que ver.

—No —dijo Runcorn en voz baja—. No, es algo muy humano y comprensible. Quizá la señorita Costain no era consciente de la sangría que suponía para los recursos de su hermano.

—No. Creo que a veces carecía de sentido práctico —concedió Kelsall—. Hace falta mucho tiempo para que un hombre de iglesia gane lo suficiente para mantener a una esposa, así que figúrese si también debe hacerse cargo de una hermana. —Había tristeza y mofa de sí mismo en su voz, y evitó los ojos de Runcorn.

—Igual que un policía —respondió Runcorn—. Aunque también es cierto que la esposa de un policía se conformaría con menos.

Sus palabras también lo dejaban en ridículo. Con su salario no podría mantener a una mujer como Melisande durante un mes, y mucho menos una vida entera. No era sólo la clase social lo que los separaba, como tampoco la experiencia y las creencias, eran el dinero y todo lo que éste compraba, las comodidades que una mujer con el origen de Melisande aceptaba sin siquiera darse cuenta.

Kelsall percibió la sombra del sufrimiento de Runcorn y lo miró con renovada intensidad, y una repentina chispa de aprecio brilló en sus ojos. Tuvo el tacto suficiente de no decir nada.

Runcorn fue a dar parte a Faraday antes del anochecer tal como le había ordenado que hiciese. Fue una entrevista incómoda y, en buena medida, infructuosa. Acababa de salir de casa del párroco y se hallaba cruzando el cementerio cuando Melisande le alcanzó. Había salido de su casa con prisa y no llevaba capa. El viento le apartaba el pelo de la cara y le soltaba mechones de los pasadores. La suavidad del cabello era un halo oscuro que acentuaba la palidez de su piel. Estaba asustada, Runcorn se lo notó en los ojos; aunque no supo si temía por ella misma o por las cosas tan desagradables que se iban desentrañando al tirar de los hilos de una muerte violenta.

Deseó haber sido capaz de confortarla; pero se quedó mudo, plantado en medio de la hierba, azotado por el viento.

—Señor Runcorn —dijo Melisande con apremio—, perdone que lo haya seguido, pero tenía muchas ganas de hablar con usted sin que lo supiera mi hermano. ¿Podríamos ponernos al abrigo de la iglesia?

—Por supuesto.

Runcorn se preguntó si debía ofrecerle el brazo para caminar por el suelo desigual. Le habría gustado sentir su contacto, aunque fuese a través del grueso tejido del abrigo. Se lo imaginaba. Pero ¿y si ella rehusaba? Quizá le pareciera una impertinencia. Suponer algo más que mera cortesía, siquiera por un instante, era llamar a la humillación. Mantuvo el brazo en el costado y caminó con rigidez hasta el refugio que proporcionaban los muros de la iglesia. El silencio era tan doloroso que comenzó a hablar en cuanto llegaron allí.

—Estoy descubriendo muchas cosas sobre la señorita Costain. —Le refirió casi todo lo que Kelsall le había contado, aunque expresándolo con más delicadeza, y se abstuvo de mencionar que Faraday también la había cortejado, si bien sospechó que ya estaría enterada—. Según parece estaba poco dispuesta a aceptar cualquier matrimonio que su hermano le recomendara —concluyó—. Y eso suscitaba algún resentimiento y cierto grado de presión económica.

—¿Se refiere a Newbridge? —preguntó Melisande enseguida.

Runcorn no supo qué contestar. Había cometido

una torpeza. Al tratar de decirle algo que tuviera sentido, se había puesto en una posición que lo obligaba a mentir o a reconocer que también se refería a su hermano y a su propio pretendiente.

Melisande se dio cuenta en el acto. Sonrió atribulada.

—Y a John —agregó—. No es ningún secreto que él también le hizo la corte, aunque me parece que se desilusionó poco antes de la muerte de Olivia. Para él es importante que una mujer tenga más sentido práctico del que ella estaba dispuesta a mostrar. —Apartó la vista de Runcorn y suspiró exasperada—. Perdone, eso ha sido un estúpido eufemismo. Olivia era una individualista, tenía el coraje de al menos tratar de vivir sus sueños, y éstos no siempre eran muy razonables. Deseaba viajar y habría trabajado para poder hacerlo. Por descontado, se supone que la hermana de un párroco no debe trabajar. ¿Qué ocupación puede tener una mujer respetable? —Su voz transmitía un vehemente deseo, como si estuviera hablando de sí misma, no de una amiga a la que conocía muy bien—. En realidad, no había aprendido a hacer nada ni sabía cómo funciona el mundo —prosiguió—. No se puede vivir sin un poco de dinero. De haber nacido pobre, a lo mejor habría aprendido a hacer algo útil. A veces me planteo que la necesidad quizá sea mejor acicate que los sueños, ¿no cree? —De improviso, se volvió hacia Runcorn y lo miró a los ojos con absoluta candidez—. ¿A usted le gusta lo que hace, señor Runcorn?

La sorpresa lo dejó sin habla. Notó que se estaba sonrojando, como si ella percibiera los sentimientos que lo estaban sofocando.

—Yo... no siempre... o sea... es... —Aquélla era la única ocasión que tendría de ser sincero con ella—. A veces es terrible, doloroso, ves cosas muy tristes y no puedes ayudar.

—¿Y eso no es mejor que no ver nada en absoluto? —inquirió Melisande—. ¡Al menos usted puede intentarlo!

Estaba tan llena de vitalidad que Runcorn tuvo la sensación de estar tocándola. De repente, ya no tuvo dificultad para hablar.

—Sí. Y en ocasiones lo consigo. No puedo traer de vuelta a los muertos, y atrapar a los culpables no siempre tiene sentido ni resulta justo, pero alivia, y explica las cosas. Cuando las entendemos, nos libramos de la confusión, de la impotencia que produce no saber qué ha ocurrido ni por qué.

Melisande sonrió.

—Es usted afortunado. Se dedica a algo que merece la pena y, aunque no siempre consiga llegar a buen puerto, al menos sabe que lo ha intentado.

Runcorn nunca se lo había planteado así. Barclay había definido su trabajo como la limpieza de los detritos de los crímenes y locuras de otras personas, como si él fuese una especie de barrendero. Estaba claro que Melisande veía algo más.

—¿Así es como lo ve? —le preguntó.

Melisande meneó la cabeza.

—Oh, no haga caso a John. A veces le complace mostrarse ofensivo. Denigra lo que no comprende. Es una especie de... miedo. Todos tenemos miedo de algo, si somos sinceros.

—¿De qué tenía miedo Olivia? —preguntó Runcorn, casi sin atreverse. ¿Realmente hablaban de Olivia o de la propia Melisande?

Ella apartó la vista otra vez.

—De la soledad —contestó—. Del fracaso. De llegar al final de la vida y darte cuenta de todas las cosas hermosas y apasionadas que, como mínimo, podrías haber intentado hacer si no te hubiese faltado coraje. Y entonces es demasiado tarde... —Se interrumpió, no como si no tuviera nada más que añadir, sino como si no soportara decirlo en voz alta.

Runcorn quizá debería haberse vuelto a contemplar la austera silueta de la iglesia o incluso las lápidas esculpidas de más allá, pero no lo hizo. La aflicción de Melisande preñaba el aire, y Runcorn comprendió que no se trataba sólo de compasión por Olivia, sino también de una profunda conciencia de su propio sufrimiento y vacío. Jamás había deseado tanto tocar a otra persona, pero sabía que no debía siquiera estrechar la fría mano sin guante de Melisande. El único consuelo que podía ofrecer era su destreza como investigador, y ahora aún le daba más miedo descubrir cosas sobre Barclay que serían más desagradables de lo que su hermana hubiese imaginado nunca.

Pero él, por su parte, tenía que perseguir la verdad le llevara a donde le llevara. Aquella tierra limpia y despejada con sus distancias infinitas había despertado una incómoda conciencia de sus propias deficiencias, de la estrechez de miras que Monk tanto había desdeñado. De repente tuvo ganas de cambiar, por él mismo, ni siquiera por los sueños de Melisande, ya fueran dulces o vanos. Era consciente de un inmenso agujero, una carencia que percibía pero no sabía nombrar. El silencio del aire era un bálsamo; y sin embargo, en su interior había algo que reclamaba ser colmado.

—Encontraré al culpable —dijo en voz alta a Melisande—. Pero no será agradable. Saldrá a relucir un odio que usted no sabía que existía, y debilidades que no habría tenido que reconocer. Lo siento.

—Lo sé —aceptó Melisande—. Es estúpido e infantil suponer que se trata de algo externo, un arrebato de locura que sólo ha sucedido para conmocionarnos. Esto viene de dentro. Gracias por su sinceridad. —Titubeó un instante como si fuese a agregar algo más, pero al final sólo le dio las buenas noches y, esbozando una sonrisa, se marchó.

Runcorn dio un paso tras ella, sin saber si debía acompañarla por lo menos hasta la verja de la mansión. Entonces cayó en la cuenta de que sería una idiotez. Melisande había ido en su busca entre las lápidas y le había propuesto guarecerse detrás de la iglesia, precisamente para no ser vista.

Dio media vuelta y se encaminó a casa de la señora Owen, donde le aguardaba una cena caliente.

❖

Por la mañana, Runcorn se presentó de nuevo ante
Faraday, que lo recibió con una mirada de esperanza
por si finalmente había descubierto alguna pista con-
creta. Su expresión se borró en cuanto vio el semblante
de Runcorn.

—Creo que no me entendió bien, Runcorn —dijo
con aspereza—. En realidad, no es preciso que venga
aquí cada dos por tres a decirme que no ha averiguado
nada.

Runcorn se quedó helado y, por un momento, sintió que en su fuero interno se encendía el irreflexivo y
desconsiderado genio del que habría hecho gala un
año antes, pero lo sofocó.

—Mantuve una larga charla con Kelsall, señor, que
me aclaró muchas cosas.

Faraday le dedicó una avinagrada mirada de incre-
dulidad, pero no lo interrumpió. Su expresión decía
con elocuencia que consideraba de gran valía la opinión de Runcorn si una conversación con el coadjutor
le podía resultar tan reveladora.

Runcorn notó que se sonrojaba. Le constaba que
su voz sonaba cortante, pero le era imposible contro-
larla.

—Me preguntó por la naturaleza de los motivos

que conducen a asesinar. Por lo general, son sencillos: codicia, miedo, ambición, venganza, indignación...

—Vaya al grano, Runcorn. ¿Eso qué nos dice que no sepamos ya? Es inconcebible que la señorita Costain supusiera una amenaza para alguien.

—Una amenaza física no, señor; pero sí para la reputación o las creencias: como desafío a la autoridad, como riesgo de sacar a la luz algo íntimo, vergonzoso o embarazoso —explicó Runcorn.

—¡Vaya! ¿Acaso supone que la señorita Costain tenía conocimiento de algún secreto? Jamás habría traicionado una confidencia. Si usted la hubiera conocido, no se atrevería siquiera a insinuarlo.

—¿Ni aun cuando se tratara de algo ilegal?

Faraday frunció el entrecejo.

—¿De quién cree que podría saber algún secreto? Tendré que preguntárselo a Costain.

—¡No, señor! —exclamó Runcorn.

—Sin duda es el más indicado para saber quién... ¡Santo Dios! —Faraday bajó la mirada—. No pensará que...

—No lo sé —le interrumpió Runcorn—. Pero ése no es el único tipo de miedo que existe. Pensemos en el pánico a la humillación, a ser objeto de burla, a que se haga pública tu ineptitud.

—Todo esto me resulta un tanto descabellado —dijo Faraday, pero el color de sus mejillas desmentía sus palabras.

—Newbridge la cortejó y fue rechazado por ella

—señaló Runcorn—. Igual, según parece, que John Barclay.

Faraday se mordió los labios.

—¿Le cree usted capaz de semejante violencia?

—¿También fue rechazado por ella? —insistió Runcorn.

—Sí, eso tengo entendido. Sin duda no podría... —Faraday abrió los ojos como platos al responder mentalmente a su propia pregunta.

Runcorn lo vio y le invadió una ira ciega al pensar en Melisande. Aquel hombre iba a casarse con ella y, sin embargo, con tal de resolver un asesinato, estaba dispuesto a creer que su hermano podía ser el culpable. ¿O acaso su reacción reflejaba un mayor conocimiento de Barclay del que tenía Runcorn, fruto del tiempo que llevaba tratando con Olivia? ¿Se enfrentaba por fin a un pesar que había procurado evitar, porque las circunstancias le impedían seguir fingiendo?

—Usted lo conoce mejor que yo —dijo Runcorn con más delicadeza—. ¿Cómo encajó su rechazo? ¿La amaba profundamente?

Faraday se sobresaltó.

Runcorn tuvo la fugaz impresión de que Faraday nunca había pensado en lo que él soñaba que era el amor. Dudó que comprendiera la pasión, el anhelo, la ternura, un corazón palpitante o desesperado. Faraday pensaba en un acuerdo, un afecto. Runcorn experimentó tal arrebato de cólera que bien podría haber golpeado el rostro insulso y petulante de Faraday y haberlo despojado de sus suposiciones a palos. Ardió en deseos de notar sangre y huesos en sus puños.

¿Eran ésos los sentimientos que había experimentado el asesino de Olivia? ¿La única diferencia residía en que había utilizado un cuchillo de trinchar? ¿Por qué? ¿Acaso se trataba de una mujer? ¿Alguien sin la fuerza física necesaria pero movida por una pasión semejante?

—No tiene por qué ser un hombre —dijo en voz alta—. ¿A quién más cortejó Newbridge? ¿O John Barclay? ¿Quién pudo amarlos o desearlos de un modo tan ferozmente posesivo?

—¿Una mujer? —Faraday se quedó atónito—. Pero fue muy... ¡violento! Brutal.

—Las mujeres pueden ser tan brutales como los hombres —dijo Runcorn con aspereza—. Ocurre con menos frecuencia, simplemente porque tienen menos ocasión o tal vez por educación, pero su ira es igual de despiadada y, cuando surge tras años de estar contenida, puede llegar a ser atroz.

—¿Celos? —Faraday sopesó la idea. Ahora miraba a Runcorn a los ojos y no se trataba de una estratagema—. ¿Por Newbridge? Lo dudo. Aunque, a decir verdad, no me lo había planteado. Haré que Warner lo investigue. John Barclay me parece más plausible. Puede ser encantador, pero tiene un elevado concepto de sí mismo. Le costaría aceptar el rechazo.

—Según Kelsall, fue él quien rechazó a la señorita Costain —observó Runcorn.

Faraday se encogió de hombros esbozando una sonrisa.

—Pues en tal caso le confió la verdad —contestó—. Eran muy amigos. Pero eso no quita que Olivia Costain fuese una joven de temperamento difícil, Runcorn. Si tiene intención de resolver su asesinato, tendrá que admitirlo. Era una soñadora, carecía de sentido práctico, era egoísta y muy testaruda en ciertas cuestiones. Se negaba reiteradamente a dejarse guiar por su hermano, un hombre paciente que sufrió mucho por su culpa y que, lamento decirlo, no siempre contó con el apoyo de su esposa. John Barclay es mucho más afortunado, e incluso diría sensato, aun siendo un tanto vanidoso.

Con la mera alusión a Melisande, Runcorn sintió como si el torno de herrero que la constreñía lo estuviera apretando a él. Recordó el encuentro con ella en el cementerio y la voz con que le había hablado de Olivia, temblorosa de emoción, y supo que aquel temor era el mismo que ella padecía. Pero Melisande era una mujer que obedecía a la necesidad, entendiendo que no tenía elección. Olivia se había rebelado. ¿Estaban relacionados ambos temores? ¿Cómo? Aún no veía una pauta que pudiera descifrar para separar inocencia de culpa.

—Gracias —dijo Faraday interrumpiendo repentinamente sus pensamientos—. El hecho de que haya podido ser una mujer explicaría por qué la señorita Costain no tuvo miedo de su agresor. Además, por si fuera poco, todos aquellos a quienes hemos interrogado tenían en mente a un hombre. —Relajó los hombros y sonrió brevemente—. Gracias, Runcorn. Agradezco su opinión de experto y, por supuesto, el tiempo que nos está dedicando.

❦

Runcorn no estaba satisfecho. Había planteado nuevas preguntas a Faraday; no le había dado respuestas. ¿Hasta qué punto estaba viendo a la mujer que había sido Olivia Costain y en qué medida se había formado una imagen de ella cimentada en los sentimientos de Kelsall? ¿Cuánto le influenciaba lo que sentía por Melisande? No estaba haciendo bien su trabajo. En un pasado distante, había criticado a Monk porque se dejaba llevar por sus emociones, normalmente impaciencia e ira, y ahora él era culpable de lo mismo. ¡Cómo se burlaría Monk!

Y entonces, por sorpresa, se sintió libre de súbito: se dio cuenta de que no le importaba. La opinión que los demás tuvieran de él podía dolerle, pero ya no le haría doblegarse ni lo anularía.

Por otra parte, comprendió que podía averiguar más cosas sobre la vida de Olivia Costain hablando con quienes no estuvieran tan próximos a ella, ya que la verían con mayor claridad. Y, procediendo de ese modo, también se enteraría discretamente de muchas más cosas sobre Alan Faraday. Si realmente existía una envidia violenta y fatal, bien podía ser él la causa. E incluso cabía pensar que Melisande también corriera peligro.

¿Debía avisarla? ¿De qué? No tenía ni idea.

Justo entonces, mientras bajaba el empinado y serpenteante camino hacia el pueblo, se dio cuenta de que en realidad no creía tanto que se tratase de una mujer celosa de Olivia como temerosa de ella. Olivia desafiaba el orden natural de las cosas. Constituía un trastorno de toda certidumbre, una mofa de las viejas costumbres, un atentado contra las reglas establecidas.

Pero ¿a quién le importaba tanto eso para matar al intruso, al blasfemo? Podía ser una mujer. O un hombre cuyo poder y autoridad le fueran conferidos por reglas inmutables. Quienquiera que fuese puede que incluso creyera justificado el librarse de ella antes de que hiciera más daño.

¿Costain, el párroco? ¿Faraday, el jefe de policía? ¿O Newbridge, el señor del lugar, cuyo linaje llevaba siglos arraigado a aquella tierra?

Hizo una pausa delante de una casa en la que no había reparado hasta entonces y finalmente llamó a la puerta. La mujer que acudió a abrir tenía el pelo cano y se apoyaba muy encorvada en un bastón, pero sus ojos eran vivaces y no tuvo la menor dificultad para oírle cuando le habló.

—¿La señorita Mendlicott?

—Yo misma. ¿Y usted quién es, joven? Por su acento, diría que viene de Londres. Si se ha perdido, no me pida indicaciones, han cambiado todos los caminos desde la última vez que fui a alguna parte.

—No estoy perdido, señorita Mendlicott —contestó Runcorn—. He venido porque me gustaría hablar con usted. Aunque lleva razón, soy londinense. Trabajo en la policía de la capital, pero quería hacerle unas preguntas sobre la muerte de la señorita Costain. Fue alumna suya en la escuela, ¿verdad?

—Pues claro. Todos los fueron. Pero si supiera quién la mató, no tendría usted que venir en mi busca, joven, le habría mandado aviso. No me tenga aquí de pie, que hace frío. ¿Cómo se llama? No puedo seguir llamándolo «joven». —Lo miró entrecerrando los ojos—. ¡Y tampoco es que sea tan joven!

—Soy el comisario Runcorn, señorita Mendlicott. Y le agradezco que me invite a entrar. —No le dijo que tenía cincuenta años. Eso lo hacía veinte años mayor que Melisande.

La antigua maestra le hizo pasar a una salita donde apenas cabían dos butacas, pero que estaba agradablemente caldeada. Sobre la repisa de la chimenea había un jarroncito con prímulas y un ramillete de romero. Anglesey nunca dejaba de sorprenderlo.

Le contó sin rodeos que deseaba saber más sobre los hombres que habían cortejado a Olivia y que ésta había rechazado.

—Pobrecita —dijo la anciana señora apenada—. Lo entendía todo y nada. A los catorce años ya sabía el nombre de casi todos los pájaros del cielo y no tenía ni idea de que casi nadie les prestaba atención. Ciega como un murciélago era.

Runcorn se esforzó por seguirle el hilo.

—¿Quiere decir que era ingenua?

—¡Quiero decir que no veía por dónde iba! —espetó la señorita Mendlicott—. Claro que era ingenua. No le pasaba nada en la vista. Pero no quería mirar.

—¿Sabe si el cortejo de sir Alan Faraday iba en serio?

—Un chico apuesto —dijo ella, mirando hacia el jardín invernal con sus árboles desnudos—. Buen jugador de críquet, según recuerdo. O según me dijeron. Nunca iba a ver los partidos. Para mí no tenían ni pies ni cabeza.

—¿Cortejó a la señorita Costain?

—Claro que la cortejó. Pero Olivia no tuvo paciencia con él. Era buen hombre, aunque un poco pesado. Solía hablarme de él. Venía a verme cada semana. Me traía mermelada.

Los ojos se le arrasaron en lágrimas y, sin ningún reparo, dejó que le resbalaran por las mejillas.

—¿Hablaba con usted de sir Alan?

—Le ha ido bien en la vida —dijo la anciana, meneando un poco la cabeza—. Se crio aquí, luego se marchó al sur.

—¿A Inglaterra?

La señorita Mendlicott le lanzó una mirada fulminante.

—¡A Gales, hombre! ¡A Gales!

Runcorn sonrió, pese a no ser ésa su intención.

—Pero Olivia lo rechazó —apuntó.

—Claro que lo rechazó. Le gustaba bastante. Es un hombre amable, si se le conoce bien, eso decía. Buen jinete, paciente, delicado con las riendas. Eso es importante para montar. La mano dura lastima la boca del caballo. Ama esta tierra. Es lo mejor de él —dijo la señorita Mendlicott.

—Pero ella rechazó su proposición de matrimonio.

—Runcorn se negaba a ver a Faraday como parte de aquellas amplias y bellas tierras con sus vientos e infinitas distancias, dado que él tendría que abandonarlas para regresar al ajetreo y el humo de Londres. No obstante, sí quería pensar que aquel hombre tenía un lado bueno, que era capaz de amar y entregarse, que podía ser amable, ostentar el poder con levedad—. ¿Se enfadó al verse rechazado? —insistió.

La señorita Mendlicott miró a Runcorn como si fuese un alumno deliberadamente obtuso.

—Claro que se enfadó. ¿No se enfadaría usted? Ofreces a una joven guapa y sin un céntimo tu nombre y tu posición social, tu riqueza y tu lealtad, ¡y ella va y te dice que no le interesan!

Runcorn trató de imaginarse la escena. ¿La había amado? Desde luego, no lo había demostrado al hablar de ella después de su muerte. ¿Su nuevo amor por Melisande le había llevado a olvidarla? Mejor no abundar en aquello, aún le dolía en lo más vivo.

—¿Por qué lo rechazó? ¿Había otro hombre que fuera más de su agrado?

La señorita Mendlicott sonrió.

—Si nos atenemos a lo práctico, no. A veces tenía muy poca cabeza. Veía las flores a sus pies y era capaz de contar los pétalos, y veía las estrellas del firmamento y podía decirte sus nombres. Pero en las distancias medias veía borroso, como cuando hay neblina en los campos. —Volvieron a saltársele las lágrimas y no se molestó en enjugarlas. No iba a disimular ni a disculparse ante un hombre venido de Londres, aunque seguramente no lo haría ante nadie.

—De modo que había alguien poco práctico —concluyó Runcorn en voz alta. ¿Se trataría de Kelsall después de todo, un joven al que a duras penas le alcanzaba para mantenerse a sí mismo, y no digamos ya a una esposa?

—Un poeta —contestó la señorita Mendlicott—. Y encima explorador. —Gruñó—. Como si no hubiera otras ocupaciones románticas y absurdas. De las Montañas de la Luna, dijo que era.

—¿Qué? —La impresión le hizo olvidar toda cortesía.

—¡África! —soltó la anciana con mordacidad—. Algunos de esos exploradores tienen mentes muy fantasiosas. Sabe Dios dónde habrían acabado si se hubiese marchado con él.

—¿Es lo que ella quería?

Le resultó sorprendentemente doloroso preguntarlo, porque se imaginó la soledad que sentiría al ver que la dejaban atrás. Él siempre había sido un hombre pragmático, la idea de los sueños era totalmente nueva para él. Se había resignado a llevar una vida solitaria; su amistad, su tiempo y su esfuerzo se veían absorbidos por un trabajo cada vez más exigente. Y ahora lo desgarraban sueños imposibles. ¿Cómo iba a criticar a Olivia por un anhelo semejante?

La anciana lo observaba con ojos perspicaces y divertidos. La diferencia de edad entre ambos era suficiente para que hubiese sido alumno suyo en el colegio, y bien podría haberlo sido por el modo en que lo estaba contemplando ahora.

—Nunca me hizo esa confidencia —contestó.

Runcorn entendió que ésa era su manera de eludir la respuesta. Y significaba que Olivia no sólo había amado la aventura, sino también al hombre, pero que las contingencias habían hecho imposible aquel amor. Tal vez ni siquiera le había pedido que se marchara con él.

Era imposible que el bueno de Faraday, tan amable y honesto como predecible, estuviera a la altura de aquel sueño. Aunque ya poco importaba ahora, puesto que Olivia no se había marchado y había rechazado a Faraday, a Newbridge y a John Barclay, sin duda dejando rendido a su sufrido hermano.

Dio las gracias a señorita Mendlicott y se marchó.

Después de la visita a la señorita Mendlicott, Runcorn regresó a la vicaría, donde encontró a Costain preparando el sermón del domingo siguiente. El párroco parecía cansado y abatido, más como si estuviera buscando algún hilo de esperanza para sí mismo que para los demás.

Runcorn sintió escrúpulos por molestarlo con preguntas que serían dolorosas, pero tales reparos nunca habían obstaculizado su trabajo y no iba a permitir que lo hicieran ahora. En cierto modo, tener un deber resultaba confortador.

—No sé qué más puedo decirle —dijo Costain con desgana—. Olivia podía ser exasperante, pero no me imagino a nadie poniéndose tan colérico para hacerle lo que le hicieron. Tuvo que ser obra de un loco. No me cabe en la cabeza que alguien a quien conozcamos sea tan depravado.

—Estas cosas siempre son difíciles de comprender —coincidió Runcorn—, pero no podemos olvidar que alguien lo hizo. —No disponía de tiempo para exponer de nuevo todos sus argumentos, y nada de lo que dijera cambiaría ni mitigaría lo ocurrido—. Tengo entendido que trabó amistad con un joven poeta y explorador —dijo.

Costain frunció el entrecejo.

—¿Percival? Un hombre interesante, todo un entendido, pero no precisamente un pretendiente para Olivia. Buen conversador. Aunque de eso hace al menos dos años. Y se marchó a África, o a lo mejor era Suramérica. No me acuerdo.

—Las Montañas de La Luna —apuntó Runcorn.

—¿Cómo dice? —La voz de Costain sonó aguda, como si acusara a Runcorn de una displicencia sumamente insensible.

—En África. —Runcorn se sonrojó. Aquélla era justamente la clase de torpeza que Monk siempre le echaba en cara—. Al menos, eso me han dicho. ¿Es posible que el espíritu de aventura contagiara la imaginación de la señorita Costain y que eso la llevara a comparar a pretendientes más realistas con algo inalcanzable?

—¡Seguramente! —Costain se pasó las manos por la frente y se echó el pelo hacia atrás—. Es posible. Pero ¿eso qué tiene que ver con su muerte? Se impacientaron con ella. Faraday ahora va a casarse con la señora Ewart, según creo. Newbridge se molestó con Olivia porque lo defraudó, pero eso no es motivo para volverse loco de remate. Es un hombre cabal. Le conozco de casi toda la vida. Su familia ha vivido aquí durante generaciones. Podrá encontrar tantas muchachas apropiadas como quiera. Si me permite decirlo, señor Runcorn, está buscando una pasión violenta donde sólo hay irritación e inconveniencia, o a lo sumo decepción. Me parece que busca en el sitio equivocado.

Runcorn albergaba un profundo temor de que Costain estuviera en lo cierto. Se veía atraído al enredo de sentimientos vinculado al compromiso matrimonial de Olivia, o a la falta de éste, porque sentía que ahí radicaba mucha violencia. Quizá sólo lo viera así porque se había enamorado por primera vez en su vida.

Aunque, por descontado, nada lo induciría a matar a nadie por ello, y menos aún a Melisande. Quería que fuese feliz, deseaba que fuera amada y se casara con un hombre digno de ella, cualidad que no atribuía a Faraday. Ahora bien, quizá nunca consideraría digno de Melisande a ningún hombre.

Dio las gracias a Costain y pidió ver a su esposa. Con gran renuencia, el deseo le fue concedido. Runcorn se encontró sentado en la sala de estar frente a Naomi.

—¿Se halla un poco más cerca de la verdad, señor Runcorn? —preguntó Naomi, en cuanto la criada hubo cerrado la puerta. Hablaba en voz muy baja, como si no quisiera que su marido oyera sus preguntas o, posiblemente, las respuestas de Runcorn.

—No estoy seguro —contestó él con franqueza—. La señorita Costain no tuvo miedo de quien la mató hasta el último momento, cuando ya fue demasiado tarde. Eso nos indica que fue alguien que conocía, incluso alguien por quien sentía afecto. Y fue un crimen muy violento, o sea que había de por medio sentimientos muy fuertes.

Observó su semblante y vio que reflejaba un dolor tan profundo que la culpabilidad le devoró las entrañas.

—¿Está diciendo que fue alguien que la conocía bien y la odiaba? —dijo Naomi. Miró hacia el desnudo jardín invernal donde la maraña de las ramas de los árboles se perfilaba con el cielo de fondo—. Suscitaba sentimientos extraños en la gente, a veces desazón y una sensación de pérdida por lo inalcanzable. No se conformaba con ser una mujer corriente, pero ¿acaso eso es pecado? —Se volvió para mirarlo, buscando una respuesta en sus ojos—. Nos recordaba las posibilidades que no nos esforzamos por alcanzar por falta de coraje. A todos nos da demasiado miedo el fracaso. ¿Uno mata por eso?

—Uno puede matar para sentirse a salvo —contestó Runcorn, sorprendido de sus propias palabras—. ¿Su cuñada suponía una amenaza para el bienestar de alguien, señora Costain?

Naomi se retiró hasta el otro lado de la ventana.

—¡Qué va! Ha sido una tontería lo que he dicho. Lo siento. Ni siquiera sé qué hacía fuera a aquellas horas en una noche de invierno. Debió de haber discutido con alguien.

—¿A propósito de qué? —preguntó Runcorn—. ¿Se citaría en el camposanto? El agresor acudió con un cuchillo, como si tuviera intención de hacerle daño.

Naomi hizo un gesto de dolor y se estremeció.

—No lo sé.

Runcorn tuvo la certeza de que Naomi le mentía. No fue por nada evidente, sólo una sutil tensión en los hombros, una leve alteración del tono de voz. ¿Estaba protegiendo a su marido? ¿O incluso a sí misma? ¿La amenaza que representaba Olivia estaba más cerca de su casa de lo que nadie había pensado hasta entonces? ¿Tal vez Olivia, llevada por la desesperación, tratara de obligar a su hermano a mantenerla toda la vida y él no se hubiera visto capaz de soportar esa sangría interminable de sus recursos? ¿Había perdido el dominio de sí mismo y, atormentado, se había aferrado a aquella escapatoria? Tal desenlace encajaría con todos los hechos que conocían.

Pero ¿cuál era el secreto? ¿Qué ocultaba aquella casa tan silenciosa, triste y en apariencia convencional?

—Creo que sí sabe algo, señora Costain —dijo Runcorn—. Conocía a su cuñada mejor que nadie. Le tenía afecto y la comprendía. Sin duda, también estaba enterada del gasto que conllevaba que siguiera soltera y rechazara a un pretendiente tras otro por motivos que no estaba dispuesta a revelar, salvo tal vez a usted.

Naomi se volvió para mirarlo con los ojos brillantes de ira y los labios apretados.

—Si supiera quién mató a Olivia, se lo diría. Pero no lo sé. Como tampoco sé ninguna otra cosa que pueda serle útil. He admitido que era una persona inquietante y que a muchos les costaba comprenderla. No tengo más que añadir. Hágame el favor de no perder más el tiempo preguntándome estas cosas. Buenos días, señor Runcorn. La criada lo acompañará hasta la puerta.

—¿Cómo se atreve a comportarse con tamaña falta de sensibilidad? —le acusó Faraday aquella misma tarde, cuando Runcorn fue a verle a la mansión en respuesta a su llamada.

Se hallaban de pie en la biblioteca. Las lámparas de gas estaban encendidas y un buen fuego silbaba en la chimenea.

—No volverá a hablar del asunto con la señora Costain —prosiguió Faraday—. Si es preciso preguntar algo, lo haré yo. ¿Es que no se da cuenta de cómo debe de sentirse esa pobre mujer? —Tenía el rostro colorado y los rasgos crispados por la ansiedad, y quizá por una sensación de pánico que crecía a medida que el fracaso lo iba cercando.

Sabían exactamente lo mismo que la mañana después de encontrar a Olivia. Cada hilo del que tiraban se les quedaba suelto en las manos. Pero aquélla no era la jurisdicción de Runcorn, nadie le echaría las culpas si el asesinato de Olivia quedaba sin resolver. Faraday era el único que tenía algo que perder.

—Está mintiendo —dijo Runcorn en voz alta—. Sabe de algo que podría haber provocado la ira que hemos visto en este asesinato.

—¡Santo Dios! —explotó Faraday—. ¡Dígame que no se lo ha dicho a ella! —Cerró los ojos—. ¡Lo ha hecho! No se moleste en negarlo, lo veo en su cara. ¡Será bruto! —De repente estaba gritando, tenía la voz ronca—. A lo mejor así es como hacen las cosas en los callejones y burdeles donde ustedes patrullan normalmente;

pero aquí viven personas honradas y respetables, gente de clase y con valores cristianos. ¡Runcorn, estamos hablando de un párroco! ¿Es que no tiene ni pizca de...? —Tomó aire y soltó un pesado suspiro—. No. Supongo que no. Fue un error haberle abierto la puerta.

Runcorn sintió como si el fuego hubiese soltado una llamarada desde la chimenea para abrasarlo. Tal vez Faraday llevara razón. Era torpe, y siempre le había faltado la elegancia de alguien de talento como Monk. Había alcanzado su graduación por su paciente empeño y determinación, por su voluntad de lograrlo y, quizá, de vez en cuando, por un ramalazo de clarividencia para comprender cómo reaccionaban los pobres y los atemorizados al tomar represalias. Era un hombre de palabra, por eso la gente confiaba en él; pero no era un caballero, nunca había sabido serlo.

—No le he dicho que mentía —dijo en voz baja—. He dicho que me parecía que sabía algo relevante que no nos había contado. Creo que, si tanto se queja, es porque es verdad.

—¡No empeore las cosas! —suplicó Faraday—. Oiga, usted es como un caballo de tiro pegando coces en un salón. ¡Salga de inmediato! Sólo Dios sabe quién mató a Olivia Costain, pero no vamos a descubrirlo a su manera.

La aspereza de su voz indicaba que se veía al borde del fracaso. Debía de tener calor en aquella habitación, tan cerca del fuego, con aquella chaqueta tan bien entallada. Era del mejor *tweed* y estaba cortada con la informal elegancia de quien no necesita impresionar a nadie.

Y, sin embargo, lo necesitaba. Toda la isla tenía los ojos puestos en él, a la espera de que los librara de la carga de miedo y les dijera que todo había terminado y que se haría justicia. Mas no sabía cómo hacerlo, eso estaba cada vez más claro para Runcorn aunque por el momento nadie más se hubiese percatado.

No sin cierta envidia, Runcorn lo sintió por él. Poco se espera de los hombres corrientes. Hay lugar para el fracaso. Si bien el precio es alto, forma parte de la vida cotidiana. Entre los elegidos, hombres privilegiados y con cargos como el de Faraday, tenía consecuencias catastróficas. El jefe de policía no iba a saber asumirlo. Nada lo había preparado para la amargura y la vergüenza de la derrota. Seguramente toda su vida se había esperado de él que encajara en un determinado molde, que triunfara, que aceptara el sufrimiento y la pérdida sin rechistar.

¿Imaginaba Faraday que Melisande precisaba que él fuese perfecto para poder amarlo? ¿Se trataba de una especie de legado de su amor por Olivia, o era algo entretejido en su vida y su educación, heredado de su padre después de que éste lo heredara del suyo propio? ¿Acaso pensaba que si alguien próximo a él, como una esposa, conociera sus puntos flacos además de los fuertes, los utilizaría para aprovecharse, para manipularlo o burlarse de él?

Nadie puede ser siempre perfecto. Cada hombre

tiene sus flaquezas, aspectos en los que es sumamente vulnerable. No intentar nunca nada que pueda causar sufrimiento o conducir al fracaso es ser un cobarde en la vida. Se ama a quienes tienen el valor de al menos intentarlo. Runcorn había visto a mujeres que amaban con más ternura y pasión a los vencidos que a los victoriosos. Amar es proteger, nutrir, necesitar y a cambio ser necesitado.

¿Cómo era que él lo sabía y, en cambio, Faraday no?

El silencio se había prolongado y Runcorn todavía no había intentado defenderse siquiera.

—En tal caso, será mejor que investigue a los Costain usted mismo, señor —dijo en voz alta—. Porque ella sabe muchas cosas, pero a mí no me las dirá.

—Tonterías —replicó Faraday—. Le agradezco su ayuda, pero no está demostrando ser útil. Es libre de marcharse de Anglesey cuando desee. Buenas tardes.

Runcorn había cruzado la verja del sendero de entrada y ya estaba en la carretera cuando Melisande lo alcanzó.

—¡Señor Runcorn!

Se volvió. Se encontraban a la misma altura que el seto y, por tanto, no eran visibles desde las ventanas de la casa. Quizá no volvería a verla muchas veces más, desde luego no a solas. Se detuvo y la miró, tratando de grabar en su mente cada trazo de su frente, sus mejillas, sus labios, el color y la luz de sus ojos, para no olvidarlos jamás.

—He oído cómo Alan le ha dicho que se marchara —dijo con preocupación—. No se da cuenta de cómo resuena su voz. Por favor, no le haga caso. Tiene miedo de que ninguno de nosotros sea capaz de resolver este asesinato, y él cargará con la culpa. Se toma muy en serio su responsabilidad.

—No quiere que me quede —señaló Runcorn.

—¿Acaso importa? —preguntó Melisande—. Le necesita, todos le necesitamos. Alguien mató a Olivia y no podemos mirar hacia otro lado como si hubiese sido obra de una fuerza de la naturaleza y no de uno de nosotros. Sospecharemos unos de otros hasta que sepamos la verdad.

—¿Sabe algo sobre el explorador que Olivia conoció hace unos dos años? —preguntó Runcorn—. ¿Es posible que lo amara?

Melisande lo pensó unos instantes.

—Nunca me dijo nada al respecto; aunque, por otra parte, ¿por qué tendría que hacerlo? Hablábamos a menudo. Me gustó nada más conocerla, pero hablábamos de libros, ideas, lugares, mucho más que de la gente que conocíamos, y nunca de hombres.

Otro oscuro pensamiento acudió a la mente de Runcorn, pero no podía decir algo tan indiscreto a Melisande, y menos aún insinuarlo de una mujer que había sido su amiga. Notó que se había acalorado mientras apartaba la idea, aunque no logró descartarla por completo.

—¿Cree que tiene algo que ver con el reverendo Costain? —preguntó Melisande—. ¿Por eso habló con Naomi sin rodeos? —Intentaba descifrar el semblante de Runcorn, quizá juzgar por su expresión lo que él no estaba dispuesto a decir.

—Creo que la señora Costain puede estar protegiendo a la vez a su marido y a Olivia —contestó Runcorn, haciendo equilibrios entre la verdad y la mentira. Si Olivia hubiese sido una de esas escasas mujeres que prefieren su propio sexo al opuesto, eso habría sido una razón de peso para que no quisiera casarse y, al mismo tiempo, le habría resultado imposible admitirlo ante nadie.

Pero ¿y si alguien se había enterado? Cualquier hombre podría sentirse insoportablemente traicionado al saberse rechazado a causa de una mujer. Lo consideraría el insulto supremo. Sería insoportable que alguien más lo descubriera. ¿Había sido ése el motivo de la riña con John Barclay?

—¡Oh! —dijo Melisande en voz baja, adivinando lo que Runcorn pensaba—. No es necesario que sea tan delicado conmigo. Estoy al corriente de esas cosas, tanto en hombres como en mujeres. Aunque no me había percatado de que ése fuese su caso.

Ahora estaba rojo como un tomate y se sintió ridículo. Si Faraday, por no mencionar a Barclay, supiera que había contemplado semejante idea en presencia de Melisande o, peor aún, que la había comentado con ella, se quedaría consternado.

Melisande sonreía con una chispa de auténtico regocijo en los ojos.

—Me caía bien Olivia —dijo a Runcorn—. Me sentía a gusto con ella, y muy libre de mostrarme sincera, quizá no sólo con ella sino también conmigo misma. Y eso no es algo que suela ocurrirme. Si puedo soportar la manera en que murió, y pensar en la brutalidad y la pasión que la causaron, sin duda puedo contemplar una pequeña flaqueza humana sin mirar hacia otro lado pensando sólo en mí misma. Se merecía algo mejor por mi parte. La repugnancia moral es una evasión bastante mezquina, ¿no cree?

Runcorn la miró y, por un instante, la compasión y la franqueza de su semblante la hicieron infinitamente hermosa a sus ojos. Faraday, con su torpe imaginación y sus juicios simplistas, era un zopenco sumamente indigno de ella.

Se preguntó una vez más si Melisande sabía que Faraday también había cortejado a Olivia. ¿Debía decírselo? ¿Sería sólo un asqueroso y patético intento de arruinar su felicidad porque envidiaba a cualquier hombre que pudiera gozar de su compañía o, peor aún, casarse con ella? ¿O acaso era la única manera de ser verdaderamente sincero, puesto que Faraday podía estar implicado en la muerte de Olivia?

No tenía ni idea. La única respuesta sería averiguar más cosas sobre Faraday y luego pensar qué decir. Tenía que ser la verdad, y tenía que ser justo. Lo único que importaba era la seguridad de Melisande, no que a ésta le gustara el modo de actuar de Runcorn, y mucho menos lo que Faraday opinara al respecto.

Todavía tenía el rostro encendido al articular su respuesta.

—No me gusta descubrir flaquezas en la gente aunque me ayuden a resolver un crimen, pero no puedo permitirme ignorarlas ni mentirme a mí mismo o a los demás. Me gustaría haber podido evitar que tuviera usted que pensar en todo esto.

—Gracias, señor Runcorn —dijo Melisande—. No deseo que se me proteja de la vida. Tal como lo veo, eso hace que nos perdamos buena parte de las cosas buenas, y las malas darán con nosotros de todas maneras. Cuando menos, la sensación de vacío. Creo que preferiría comer algo desagradable de vez en cuando a perecer de inanición sentada a la mesa por miedo a probar la comida. Por favor, averigüe lo que realmente le ocurrió a Olivia.

Dio media vuelta y se marchó antes de que él tuviera ocasión de hallar palabras para contestarle y repetir su promesa.

❧

No tenía otra opción que investigar más fondo la vida y el carácter de Faraday. Comenzó allí donde lo había dejado la señorita Mendlicott y, valiéndose de métodos convencionales, se las arregló para escarbar en sus tiempos de estudiante en la Universidad de Cardiff, donde se licenció en historia con una puntuación mediocre, pese a no tener que ganarse la vida entretanto. Había viajado por Europa en varias ocasiones a lo largo de un par de años, visitando los lugares más previsibles.

No estuvo en Venecia ni en Capri. No se aventuró a llegar hasta Atenas, ciudad sobre la que Runcorn había leído y que, de haber tenido la oportunidad de conocerla, la habría cogido al vuelo. Tampoco había visitado la bonita ciudad de Barcelona, que llevaba el nombre de Aníbal Barca, el guerrero que cruzó los Alpes a lomos de elefantes para atacar Roma en tiempos anteriores a Julio César. Aquella lección de historia de cuando era colegial había encendido la imaginación de Runcorn de tal modo que nunca la olvidaría.

Runcorn salió de la biblioteca de Bangor y caminó bajo el azote del viento con un torbellino de ideas en la cabeza. Acaba de asomarse a un mundo diferente en el que los privilegios de clase y posición no compraban la magia tal como había supuesto. Si Faraday abrigaba algún sueño, éste no era sobre los lugares legendarios y los fantasmas del pasado. Más bien parecía soñar con causar buena impresión a los demás, quizá con la seguridad cotidiana y con invertir en la generación siguiente todo lo que le habían legado sus antepasados.

Mientras Runcorn iba camino de la estación de ferrocarril, sintió una extraña y triste proximidad con el sujeto al que estaba investigando. Faraday tenía cuarenta y pocos años y, sin embargo, sólo deseaba paz y tranquilidad y que las cosas permanecieran tal como estaban.

Runcorn tomó el tren a Caernarfon y continuó sus pesquisas. La experiencia le había enseñado a ser discreto, a preguntar una cosa mientras aparentaba preguntar otra. Cuanto averiguó sobre Faraday corroboró la opinión de que era un hombre decente pero pedestre, un hombre de afinidades y aversiones más que de pasiones.

Runcorn se sobresaltó al recordar que así era exactamente como Monk lo había descrito a él: desganado, falto de ardor y coraje para apropiarse de algo más que de lo que se alcanzaba sin riesgo, un hombre que nunca se atrevía a rebasar los límites ni adentrarse en lo desconocido mientras los puentes se desmoronaban a sus espaldas. Y lo había desdeñado por ello.

¿Desdeñaba él a Faraday ahora? Curiosamente, no. Lo compadecía y tenía la impresión de mirarse en un espejo deformante. Había algo de sí mismo en el hombre que veía, un hombre aprisionado por las expectativas de los demás, demasiado temeroso de no gustar para seguir su propia visión, un hombre carente de anhelo.

¿Era preciso el rostro de una mujer para incitar a un hombre a renunciar a la comodidad y perseguir sueños imposibles en el frío infinito? Si tal era el caso, ¿por qué Faraday estaba enamorado de Melisande con tan poco entusiasmo, no de un modo absurdo y desesperado como Runcorn?

❦

Al día siguiente se quedó en Beaumaris e hizo más preguntas, aparentando matar el rato con chismes locales y trivialidades acerca del pasado.

Para dar credibilidad a la impostura, fingió haber ido a Beaumaris en busca de una propiedad, inventándose un hermano que había hecho fortuna en el comercio, con vistas a parecer un hombre acaudalado.

Le mostraron una finca vecina a la magnífica casa de Faraday, lo cual añadió poca cosa a lo que ya sabía sobre él; pero, en cambio, obtuvo más información sobre Newbridge, ya que desde allí se veía su casa al otro lado del valle.

—No se ve tan bien en verano —señaló el agente inmobiliario, un tal señor Jenkins.

—Ya veo a qué se refiere —dijo Runcorn—. Parece un lugar bastante decente. ¿Es posible que esté en venta, señor Jenkins?

—¡Oh, no, señor! Esa finca pertenece al señor Newbridge. Hace años que es de su familia.

—¿Una familia numerosa? —preguntó Runcorn inocentemente—. Parece un buen sitio para los niños.

—No, todavía no se ha casado —contestó Jenkins.

—¿Prometido, entonces?

—Que yo sepa, no. —Jenkins tenía ganas de cerrar una venta—. Hacía la corte a la hermana del párroco, la pobre señorita que murió asesinada.

Runcorn se mostró escéptico.

—¿Cree que el señor Newbridge vendería, si se le hiciera una buena oferta?

—No, señor, no lo creo. El dinero no lo es todo.

—Parece mucha tierra para que la lleve un hombre solo, y no puede decirse que esté en muy buen estado.

—Runcorn oteó el otro lado del valle entrecerrando los ojos, con el viento en la cara—. ¿Suscitaría resentimiento, verdad, que un forastero adquiriera fincas antiguas?

—Sí, señor, podría ser —dijo Jenkins con franqueza—. Los Newbridge están afincados aquí desde la Guerra Civil. No es tarea fácil mantener una posición como la suya siendo el último varón del linaje, pero no tardará en encontrar la esposa apropiada y entonces habrá hijos que tomen el relevo.

Runcorn se horrorizó ante el peso de tamaña responsabilidad, la necesidad de casarse, la carga de las expectativas. Demasiadas personas pendientes de lo que uno hacía, vigilantes, requiriéndole que tuviera hijos para satisfacer las exigencias del futuro.

¿Sería ése, en parte, el motivo por el que había reaccionado mal ante Barclay y que le había hecho encajar el rechazo de Olivia con enfado además de decepción? ¿Acaso ella había dicho algo sobre él que le dificultara aún más encontrar una esposa dispuesta a asumir tan tremenda responsabilidad? Newbridge no tenía título, ningún cargo hereditario, ni siquiera una gran fortuna; sólo un apellido y una tierra a la que lo había vinculado la historia. ¿Estaría siempre tratando de ponerse a la altura de otros hombres que a su juicio tenían más que ofrecer, más encanto, más patrimonio, más esperanzas de ocupar un cargo en el futuro?

Eso lo convertiría en un blanco fácil para la crueldad de Barclay.

—Me parece que aguardaré hasta que me haya puesto en contacto con mi hermano, gracias —dijo Runcorn a Jenkins—. Ya le diré algo.

Faraday mandó llamar a Runcorn aquella misma tarde. Parecía cansado y disgustado; y, aunque había sido él quien había requerido la presencia de Runcorn, iba de un lado a otro de la chimenea mostrándose renuente a abordar el tema.

Hablaron de trivialidades. Fuera la lluvia arremetía contra las ventanas y el viento arreciaba, bramando procedente de la vasta extensión del mar céltico. Runcorn se impacientó.

—Si ha descubierto algo, señor, y puedo serle de ayuda, quizá quiera decirme de qué se trata.

Faraday torció el gesto ante el poco refinamiento de Runcorn y éste de inmediato se sintió falto de aplomo. Se vio a sí mismo haciendo algo espantoso que no atinaba a comprender hasta que ya era demasiado tarde, y a Melisande avergonzada de él. Sólo que eso era absurdo. A lo sumo se indignaría, pues para avergonzarse uno debía sentir alguna clase de afinidad con quien se ponía en evidencia.

Faraday seguía yendo de acá para allá por la alfombra, sumido en su propia incompetencia.

—Usted dio a entender que la señorita Costain pudo haber descubierto algo sobre su propia familia, un secreto ignominioso o embarazoso —comenzó.

A Runcorn le apenaba la idea, pero que fuese desagradable no la invalidaba. Temía que fuese cierta, y el semblante duro y cansado de Naomi acudió a su mente.

—Lo consideré poco probable, aunque no imposible —concedió.

Faraday prosiguió con gravedad.

—Agradezco su destreza profesional, y me alegra no haber compartido con usted la experiencia que se la ha proporcionado. —A pesar del fuego, Runcorn tuvo más frío—. Supo reconocer un crimen cometido con intenso odio —continuó Faraday—. Yo solía pensar que todos eran iguales, pero usted me hizo ver la diferencia. También debería estarle agradecido por eso, pero no estoy seguro de estarlo.

—¿Sabe algo más? —inquirió Runcorn, dejando traslucir sus sentimientos—. No me habrá hecho venir con este tiempo para darme las gracias por un aspecto de su trabajo que casi con toda certeza no volverá a necesitar.

Una leve mancha de rubor se extendió por las mejillas de Faraday.

—Sí, en efecto, pero aún me queda más por descubrir. La señora Costain está ocultando algo de lo que se avergüenza profundamente; y, si no es vergüenza, cuando menos la aterra que llegue a saberse. A la hermana de Costain la mataron como a un animal. Eso lo sabemos todos. —Faraday miró hacia otro lado—. Y ahora parece que su esposa podría ser adúltera y haber concebido de otro hombre el hijo que él nunca le ha dado.

La emoción le quebró la voz y, por un momento, le fue imposible hablar. Incapaz de mantener quietas las manos, cerró los puños con fuerza hasta que los nudillos le brillaron de tan blancos.

Runcorn sintió que la marea de sufrimiento lo ahogaba también a él. ¿Había sido la necesidad de libertad de la propia Olivia lo que la había llevado a confortar a Naomi, o lo hizo para defenderla de su hermano? Todo asesinato trae aparejado dolor, pero aquél parecía más desdichado que la mayoría.

Faraday seguía mirándolo de hito en hito.

—¿Qué ocurre? —inquirió Runcorn.

La voz de Faraday fue poco más que un suspiro que se quebró al final de la frase.

—El bebé está muerto. Al parecer, lo mató ella.

Runcorn se quedó anonadado, como se si hubiese dado de bruces contra una pared y el golpetazo le hubiese aturdido los sentidos. Naomi Costain, con su extraño y poderoso semblante, y un hijo ilegítimo recién nacido que había asesinado con sus propias manos. ¿Por qué? ¿Para ocultar su adulterio? Era la respuesta más obvia. Pero ¿y si el niño había nacido deforme o anormal? Se encontró parpadeando y con la garganta inexplicablemente tensa y áspera. ¿Era posible perdonar algo así, el quitarle la vida a un niño indefenso? ¿O se lo había arrebatado al sufrimiento? ¿Acaso sólo lo hizo para salvarse a sí misma de la humillación? ¿Para luego no verse acosada por el chantaje de Olivia?

—No puedo hacer nada —dijo Runcorn en voz

alta—. Necesitará autoridad policial para seguir esa vía. —No lo dijo por cobardía, si bien se alegró de no tener jurisdicción allí.

—Se la conseguiré —dijo Faraday con voz ronca—. Por favor, Runcorn. Estas personas son mis amigos, mis vecinos. No sé cómo manejarme ante un crimen como éste.

Runcorn casi tuvo ganas de recordarle a Faraday que había sido él mismo quien había descubierto aquel elemento de tragedia mientras que Runcorn ni siquiera lo había sospechado. Había hablado con Naomi sin percibir nada de eso en ella, ningún ansia insatisfecha que consumiera todo honor y lealtad, ni rastro de la pérdida de su único hijo con algún fin cruel. Su habilidad profesional le había fallado por completo.

Y era Faraday, cuyo criterio tanto desdeñaba, quien había sabido ver la respuesta. Faraday, que iba a casarse con Melisande.

Debería agradecer, por el bien de ella, que no fuese el idiota que Runcorn había creído. Si la amaba, no podía serlo.

Mientras caminaba cuesta abajo se dijo a sí mismo que ese pensamiento debería confortarlo. El viento soplaba con más fuerza y levantaba ráfagas de nieve blanca en medio de la oscuridad.

Durante la noche se le agudizó la sensación de fracaso. Había llegado a Anglesey como un forastero. Se había quedado prendado del vasto silencio que sólo rompían el viento y el eco de las olas en la orilla. Las gentes de allí hablaban más despacio, con una entonación cantarina; pero ahora sabía que era una figuración suya que los entendiera. Se había equivocado rotundamente, no sólo con Olivia, que pudo haber amenazado con poner en evidencia a su familia, sino también con Naomi, a quien había creído fuerte pero que había traicionado a su marido, luego a su hijo y por último a Olivia. La única habilidad que Runcorn creía poseer lo había abandonado.

¿Cómo se había enterado Faraday de lo de Olivia? ¿Había admitido algo Naomi? Runcorn no iba a dejar las cosas así, con tantas preguntas sin responder, tantas impresiones suyas equivocadas.

En cuanto se hubo vestido y desayunado, echó a caminar por la crujiente escarcha y los pálidos dedos de nieve que blanqueaban a un lado de los hoyos, plantas y piedras del suelo. A lo lejos, Snowdonia resplandecía de blanco.

Fue admitido en la casa del párroco sin demora y Naomi acudió al salón de día donde le habían pedido que aguardara. Se puso de pie en cuanto entró. Ella cerró la puerta a su espalda, invitándolo con un ademán a sentarse de nuevo.

—Buenos días, señor Runcorn —dijo con gravedad.

Runcorn procuró borrar toda emoción de su cara, incluso de su voz. Su tirantez denotaba poca naturalidad, pero no pudo evitarlo. La sensación de derrota y una abrumadora soledad lo habían dejado casi sin habla.

—Buenos días, señora Costain.

¿Qué podía decirle que no resultara absurdo? Saltaba a la vista que Faraday todavía no había hablado con ella. En cuestión de meses, podría verse en la horca.

—¿Qué puedo hacer por usted? Ya le he contado cuanto sabía.

Su expresión era insulsa, cortés, no exactamente serena, aunque menos transida de dolor que antes, como si estuviera comenzando a aceptar el asesinato. ¿Se negaba a sí misma lo que había hecho o era simplemente una actriz soberbia?

—Que yo sepa, la señorita Costain tuvo tres pretendientes, señora: el señor Faraday hace algún tiempo, luego el señor Newbridge y últimamente el señor Barclay. Los rechazó a todos. ¿Trató usted de mediar a favor de alguno de ellos?

—No —contestó Naomi con desenvoltura—. No quería que se casara sin estar enamorada. El mero afecto jamás habría bastado con Olivia. Habría sido desgraciada con un hombre bueno pero tibio como Alan Faraday. Ambos habrían sido desdichados, porque él se habría dado cuenta de que era incapaz de hacerla feliz y eso le habría confundido y dolido. Olivia no era lo bastante sensata para saber cómo disimularlo. Melisande Ewart es más delicada, más adulta en su modo de ser. Seguramente aceptará lo inevitable y, si tiene necesidad de llorar, lo hará sin que él se entere. Además, me parece que es más bondadosa que Olivia. Sacará lo mejor de Alan, y él nunca sabrá que ha sido gracias a ella puesto que ella nunca se lo dirá.

Runcorn se sintió irremisiblemente perdido, como si lo hubieran exiliado lejos de toda luz y calor, lejos de toda alegría. Estaba tan atontado que ni siquiera contestó.

—Newbridge es un buen hombre, hasta donde yo sé —prosiguió Naomi muy seria, casi como si estuviera hablando consigo misma y no con él—. Aunque no puedo decir que sea de mi agrado. Ahora mi marido me censura por ello. Pero, dejando eso a un lado, yo no quería que Olivia se casara con él si no era ése su deseo. Él quiere tener muchos hijos para establecer la familia de nuevo. No estoy segura de que Olivia quisiera ser esa clase de mujer. Si sientes devoción por un hombre, es un placer y un privilegio trabajar a su lado; pero, cuando no es así, es un aprisionamiento, una negación de ti misma de por vida.

Runcorn rememoró la imagen de la joven de verde en el pasillo de la iglesia y casi se alegró de que hubiera escapado a esos destinos sin amor. Entonces se dio cuenta de lo que estaba pensando y de quién le había inducido esa visión, y se disgustó consigo mismo. ¿Qué había sido de sus instintos básicos?

—Y, en cuanto a John Barclay —prosiguió Naomi—, Olivia no lo rechazó, fue él quien la abandonó a ella, de improviso y rotundamente.

Ahora su voz reflejaba sufrimiento, pero no la ira que Runcorn habría esperado. Era como si se reabriera una vieja herida, no la indignación de una nueva. Una vez más, estaba convencido de que había algo oscuro en Olivia que aquella mujer se empeñaba en ocultarle, y quizá no sólo a él sino a todo el mundo.

—¿Olivia conocía al señor Barclay antes de su reciente cortejo? —preguntó Runcorn, con súbito y renovado interés.

Ahora sí hubo enojo en la mirada de Naomi, aunque sólo por un instante.

—No —dijo sin titubeos—. ¿Por qué lo pregunta?

—Parece... cruel, si ella no lo rechazó.

—Lo fue —confirmó Naomi, torciendo los labios—. Pero, a mi entender, John Barclay no es un buen hombre. No amaba a Olivia, la deseaba como un coleccionista desea un ejemplar raro y hermoso de mariposa, para conservarlo, no para darle felicidad. Estará contento clavándole un alfiler a través del cuerpo y capturando sus colores para siempre en la muerte.

Runcorn recordó el cuerpo de Olivia en el cementerio, manchado de sangre, y por un momento pensó que se iba a marear.

—Lo siento —dijo Naomi en voz muy baja—. No tendría que haber dicho eso. Acepte mis disculpas.

Quizá no tenga tan dominada mi aflicción como creía. Le ruego me perdone.

Faraday estaba equivocado, tenía que estarlo. Quedaba una respuesta por hallar. A lo mejor él también estaba intentando proteger a Melisande del hecho de que su hermano era un hombre cruel y manipulador. Pero Runcorn sabía que no cabía hacer tal cosa. Por más que uno amara, encubrir el mal y dejar que los inocentes cargaran con la sombra de la culpa no era un camino que uno pudiera tomar, pues al final no había ninguna luz.

—Gracias, señora Costain —dijo con delicadeza—. La ira es como un cuchillo, puede resultar peligrosa cuando se pierde el control, pero a veces es necesaria para cortar con lo que hay que dejar atrás.

Naomi abrió los ojos revelando cierta sorpresa.

—¿Sigue trabajando en el caso, señor Runcorn? Pensaba que se había dado por vencido. Me alegra mucho haberme equivocado.

La sombra seguía presente en su semblante; la mentira a la que se aferraba.

—Sí. Sigo trabajando —dijo Runcorn, sabiendo que al menos eso era verdad.

Aborreciendo cada paso que daba, Runcorn siguió el rastro de Barclay durante los últimos días anteriores a la muerte de Olivia. Ser discreto no era tarea fácil, pero había aprendido a lo largo de su carrera profesional. Barclay había dado claras muestras de sentir curiosidad por Olivia. La cortejaba rivalizando con Newbridge y, por tanto, era natural que quisiera saber cuanto fuese posible acerca de ella. De ahí que siguiera de cerca sus idas y venidas.

Pero, a medida que hacía preguntas y escuchaba descripciones, Runcorn fue viendo con mayor claridad que en realidad eran los pasos de Naomi los que había seguido, que los desplazamientos y gastos que tanto le habían interesado eran los de ella, no los de Olivia.

Runcorn tenía la cabeza hecha un lío. ¿Qué había estado buscando Barclay? Había llegado de Caernarfon haciendo preguntas sobre Naomi, cotejando horas y fechas, pautas de conducta. Había visitado un hotel, una iglesia que lo llevó a un hospital y de ahí a la discreta, pequeña y costosa consulta de un médico. Runcorn fue a ver al doctor Medway, valiéndose de una excusa, y encontró a un hombre apuesto de cincuenta años cumplidos, cortés y sumamente reservado.

¿Era posible que Faraday llevara razón, después de todo? Un hijo ilegítimo encajaba con todos aquellos hechos y lugares. Las últimas indagaciones le revelaron que Olivia había acudido en compañía de su cuñada.

¿Por qué había venido? ¿Era Naomi quien estaba desesperada, tal vez encinta y necesitada de ayuda? ¿Había confiado en la única persona en quien no debía haberlo hecho?

Pero ¿cómo era posible que su marido no lo supiera? ¿Tan distanciados estaban realmente? ¿Qué hielo había en aquella casa, o qué tormentas, en esos días?

Todo aquello ocurrió poco tiempo después de que Olivia buscara refugio en la amistad con el poeta explorador, ansiando marcharse con él a África o a dondequiera que éste tuviera intención de ir. ¿Se había quedado en casa porque era imposible que una mujer viajara a esas latitudes del mundo? ¿Fue simplemente porque él no le pidió que lo acompañara? ¿O se debió a la obligación de cuidar de su cuñada, sumida en una terrible situación, o cuando menos por la vida del niño?

Luego Naomi había matado igualmente al bebé.

Pero ¿cómo podía ser que Runcorn no hubiese visto nada de eso en sus rostros? ¿O era que lo estaba mirando todo con una perspectiva equivocada? Quizá la historia de amor fuese de Olivia, no de Naomi. El hijo sería entonces de Olivia y Naomi quien la protegiera, y seguía protegiendo su nombre incluso después de su muerte.

¿Qué había sido del niño? ¿No era un pecado mucho mayor matar a un niño vivo que abortar antes de que naciera? Un aborto era peligroso para la madre, pero también lo era un parto.

Dio media vuelta y, encarándose al viento, regresó a casa del médico. Pese a lo intempestivo de la hora, llamó a la puerta. Si perdía el último tren y tenía que pasar la noche a aquel lado del estrecho, poco importaba.

—¿Sí, señor Runcorn? —dijo el doctor Medway con curiosidad.

Runcorn ya sabía cómo plantear el asunto.

—Tengo una historia que contarle —anunció—. Y es necesario que escuche lo que le voy a decir. Si no es libre de hacer comentarios, lo entenderé, pero así usted sabrá la verdad de lo que se está diciendo y a lo mejor decide que yo debo saber la verdad de lo ocurrido.

El médico sonrió.

—En ese caso, más vale que pase.

Runcorn aceptó de inmediato, y mientras daban cuenta de una excelente cena junto al fuego, refirió al doctor Medway la muerte de Olivia, lo que había deducido y lo que la gente andaba diciendo o insinuando a media voz.

—Entiendo —dijo Medway al final, apesadumbrado por la tragedia—. ¿Entiende que no puedo revelar confidencias, señor Runcorn? No le daré ningún nombre, y tampoco confirmaré los que me ha dado usted.

—Sí —afirmó Runcorn—, lo entiendo.

Medway estaba muy pálido.

—El niño murió al poco de nacer. Fue una de las pérdidas más desgarradoras de toda mi carrera. Hice cuanto pude por salvarlo pero mi experiencia no bastó y, a mi entender, no habría bastado la de ningún otro médico. No fue culpa de nadie y, menos aún, de la madre.

Runcorn se imaginó a Olivia llorando al bebé por cuya venida al mundo tan alto precio había pagado. Tal vez Percival fuese el hombre a quien había amado de verdad. Había renunciado a irse con él para llevar el embarazo y dar a luz al niño, y sin embargo el bebé había muerto. O quizá no había sido digno de ella y sólo la había amado como un capricho pasajero. Runcorn prefirió creer lo primero.

Gracias a Dios, Naomi había estado a su lado, de modo que al menos no estuvo sola. E incluso ahora seguía protegiendo la memoria de Olivia, pese a que hombres intolerantes y maliciosos como John Barclay encontraran gusto en difamarla.

¡Claro! ¡Por eso había reñido con ella y había dejado de cortejarla de manera tan radical! ¿La odió porque se había quedado encinta? Quizá, desde su punto de vista, ella lo había engañado al dejarle creer que estaba en condiciones de casarse. ¿Se lo habría llegado a confesar alguna vez? ¿O, si él no lo hubiese averiguado, habría aceptado su proposición de matrimonio? No. ¿Pero acaso Barclay era consciente de ese detalle? ¿O, en su arrogancia, imaginaba que tenía intención de atraparlo?

¿Lo sabía Newbridge? ¿A eso se debía que también él perdiera todo interés por ella? Nada indicaba que hubiese albergado sospecha alguna. Runcorn no había hallado ningún rastro de él al investigar a Naomi. Si lo sabía, ¿no sería porque Barclay se lo hubiera dicho?

¿Por qué? Podría haber dejado que Newbridge se casara con ella y decírselo después. Eso sí habría sido una exquisita venganza.

Pero ¿contra quién? ¡Contra Newbridge! Y era Oliva quien lo había engañado. Runcorn había aprendido lo suficiente sobre las clases altas para comprender que, si hubiese ocurrido eso, el propio Barclay sin duda habría padecido cierto ostracismo. Habrían cerrado filas en torno a Newbridge para protegerlo, cuando menos allí, en Anglesey. Pero el rumor se habría extendido. Faraday, que pronto se convertiría en cuñado de Barclay, también lo habría considerado una traición y habría despreciado a Barclay en consecuencia.

Sin embargo, si Barclay se lo decía a Newbridge con antelación, cabía contemplarlo como un gesto de amistad, una advertencia a tiempo. ¿Qué opinaría Melisande de tal advertencia? Runcorn no estaba muy seguro. Para él se trataba de un acto cruel que le inspiraba repugnancia, pero bien era cierto que en su fuero interno había puesto mucho de Melisande en Olivia, la misma soledad, el anhelo de algo más que la obediencia cotidiana a las expectativas de quienes las amaban, las protegían y las aprisionaban por no saber comprenderlas.

Aunque, a decir verdad, quizá fuera él mismo quien no entendía nada. Confundía lo romántico y lo real.

Y seguía sin estar más cerca de demostrar quién había apuñalado a Olivia con un cuchillo de trinchar, odiándola por considerarse engañado tras haberle dejado creer que ella era cuanto él deseaba, cuando en realidad ella no lo quería para nada. ¿Había sido Barclay? ¿Había sido Newbridge? Le daba mucho miedo que fuese Barclay porque, al hacerse público, Melisande sufriría lo indecible. Cabía incluso que no llegara a casarse con Barclay ni con ningún otro hombre que le diera felicidad y seguridad.

¿Qué podía hacer Runcorn para demostrar la inocencia de Barclay sin arruinar la reputación de Olivia ni dañar irremisiblemente a las personas que la habían amado? Aunque establecer que Barclay fuese inocente de asesinato no bastaría para ocultar que su crueldad era interesada y repulsiva.

Comenzaría de nuevo repasando otra vez cuanto sabía sobre Barclay. Quizá fuese posible probar que no pudo coger un cuchillo de la cocina y seguir a Olivia hasta el cementerio, o quizá que no pudo regresar y cambiarse de ropa, deshaciéndose de la que llevase puesta, sin que nadie se enterara. ¿Podría, tal vez, demostrar que no faltaba ninguna prenda en su armario? Sería lento y tedioso, pero merecía la pena intentarlo si era por el bien de Melisande.

Sólo faltaban tres días para Navidad, pero no se respiraba el menor entusiasmo en el aire, no se oía a nadie felicitar las Pascuas ni ninguna otra manifestación de alegría. Era como si el viento hubiese barrido el ambiente festivo propio de aquellas fechas.

Runcorn dedicó dos esforzadas y tristes jornadas a corroborar que Barclay había averiguado lo bastante de la historia para tener claro el resto, y también despejó toda duda de que había hablado a solas con Newbridge justo antes de que éste fuese visto hecho una furia, casi ajeno a cuantos lo rodeaban, dos días antes de la muerte de Olivia.

Con cada nuevo hallazgo, Runcorn se iba asqueando un poco más. Parecía que Barclay había podido matar a Olivia y que se esmeraba en señalar a Newbridge como autor del crimen.

Al anochecer, se reunió con Faraday.

Faraday estaba enfadado y apurado, tenía el rostro sonrojado no sólo por el calor de la estancia, sino por la cólera que bullía en él.

—Ha estado investigando a John Barclay —dijo, en cuanto Runcorn hubo cerrado la puerta—. Pero, hombre, ¡por Dios!, si consideraba que tenía que hacerlo, ¿cómo no ha sido un poco más discreto? Le dije que Barclay había descubierto el secreto de la señora Costain, no me esperaba que fuera a seguirle el rastro para luego, ni más ni menos, ¡insinuar que estuvo implicado! ¡Si ni siquiera estaba en Anglesey el día de autos! ¿Dónde tiene la cabeza?

Runcorn se sobresaltó. ¿Realmente había sido tan torpe para que Barclay se diera cuenta de que lo estaba investigando? Eso parecía. ¿O se trataba de las sospechas de un hombre culpable, siempre mirando por encima del hombro por si alguien iba tras él?

La única respuesta sincera consistía en contar a Faraday lo que había descubierto.

Cuando terminó, Faraday lo miró de hito en hito, sin que le quedara un trazo de color en el semblante.

—¿Está seguro de eso, Runcorn? —preguntó.

—Estoy seguro de lo que le he dicho —contestó Runcorn—. Lo que todavía no sé es qué significa.

—Significa que la pobre Olivia murió por eso —dijo Faraday con dureza.

Runcorn seguía estando de pie, con frío y descontento, y una vez más Faraday le tapaba el calor del fuego.

—Sí, ¿pero a manos de Newbridge o de Barclay?

—Descúbralo —le ordenó Faraday—. Y ¡por todos lo santos!, sea discreto esta vez.

❖

Por la mañana, Runcorn salió temprano para volver a empezar. El suelo estaba endurecido por la helada y los bordes de la hierba eran blancos. Aun así, Melisande lo aguardaba al final de la calle. Apenas la reconoció al principio; iba tan arrebujada en su capa que ésta ocultaba la silueta de su cuerpo y le tapaba la cara. Daba la impresión de estar contemplando el mar, hasta que al oír el crujido de sus botas en el hielo se volvió.

—Buenos días, señor Runcorn. —Aun pronunciando tan pocas palabras, el miedo le agudizó la voz.

Runcorn sintió la emoción de siempre, sólo que más intensa esta vez.

—Buenos días, señora Ewart.

Resultaría absurdo preguntar si lo estaba esperando. No cabía otro motivo para que estuviera allí cogiendo frío. Escrutó sus ojos, muy abiertos y ensombrecidos por el miedo.

Melisande no se anduvo por las ramas. Estaba tiritando.

—Alan me dijo que ha descubierto por qué el señor Newbridge abandonó a Olivia con tanta premura, y por qué John también dejó de hacerle la corte. Creo que también se lo contó a usted.

No llegó a ser una pregunta, pero su decepción era patente, un dolor sordo y continuo envuelto en palabras.

Runcorn tuvo la tentación de decirle que había sido él, no Faraday, quien había averiguado la verdad; pero no quería decírselo hasta haber demostrado que no era Barclay el asesino de Olivia, sino Newbridge. Respiró hondo para explicárselo y se dio cuenta de hasta qué punto tal explicación sería por su propio bien. No era el corazón de Melisande el que ansiaba aliviar, sino el suyo, porque ella creía que la había decepcionado. Deseaba que tuviera un buen concepto de él. Le movía la vanidad y, por encima de todo, su propio anhelo.

Por eso Faraday se había atribuido el mérito de algo que no había hecho, porque necesitaba que Melisande lo creyera más inteligente de lo que era.

Runcorn volvió a respirar hondo y tragó saliva.

—Sí —dijo simplemente—. El hijo era de ella. Murió casi de inmediato, de modo que no tuvo que decírselo a nadie más. Y tal vez la pérdida le resultase más llevadera si ningún allegado le hablaba del asunto.

Melisande tenía los ojos anegados en lágrimas. Quiso hablar, pero no pudo. Su compasión por Olivia era tan profunda que ahogaba incluso el miedo que le infundía Barclay. Permanecieron un rato en silencio sobre el hielo mientras la mañana se iba abriendo, ensombrecidos por la misma pesadumbre. El sol centelleaba en la escarcha como si la hierba estuviera recubierta de diamantes. A lo lejos, el mar se hallaba en calma, la lisa superficie tan sólo alterada por las corrientes y una leve brisa que la rizaba como un pañuelo de seda.

—Ojalá lo hubiese sabido —dijo Melisande al fin—. Al menos, le habría dicho que para mí no tenía importancia. ¡Qué soledad tan grande debió de soportar!

—No estuvo sola —dijo Runcorn con ternura—. Naomi estuvo en todo momento a su lado.

Melisande se volvió hacia él. La esperanza le iluminó la mirada.

—¿En serio? Por favor, no me lo diga para consolarme si no es cierto. Le ruego que me diga siempre la verdad. Necesito a una persona que no mienta, ni siquiera con buena intención.

—No le mentiré —prometió Runcorn precipitadamente. Le habría prometido cualquier cosa—. Naomi jamás la abandonó.

Melisande sonrió lentamente, una dulce tristeza le fue mudando el semblante, más hermoso para Runcorn que el resplandor del sol en la hierba.

—Gracias —dijo sinceramente—. Tengo que irme, no vaya ser que me pregunten por qué he prolongado tanto mi paseo matutino. Por favor... por favor, no deje de investigar. Ya es demasiado tarde para ocultar nada.

Y, sin aguardar su respuesta, se marchó apurando el paso cuesta arriba de regreso a la gran casa.

Runcorn se puso manos a la obra de inmediato. Aborrecía y despreciaba a Barclay por lo que al parecer les había hecho a Olivia y a Newbridge, pero aun sí deseaba demostrar sin dejar ni un atisbo de duda que no era legalmente culpable de asesinato, aunque moralmente lo fuera. Ésa era otra cuestión, y la ley no tenía remedio para ella.

Runcorn sabía la fecha de nacimiento, no había más que remontarse nueve meses. Ya estaba convencido de que Costain no sabía nada del niño. Sus ganas de casar a Olivia primero con Faraday, luego con Newbridge y por último con Barclay significaban que o bien no estaba enterado de lo de su hijo y su muerte, o bien era increíblemente insensible. Runcorn estaba seguro de que se trataba de lo primero.

Aun así, tendría que interrogar a Naomi otra vez.

Naomi lo recibió en sus dominios, una habitación de la planta baja llena de guantes de jardinería, tijeras de podar, cordeles, botas de campo y cestos ovalados para el acarreo de flores y plantas. Estaba arreglando un cuenco de acebo con bayas del color de la sangre, pequeñas cebollas doradas y ramitos de hojas perennes cuyos nombres desconocía. Había hojas de un granate como el del vino, y el cuenco resplandecía en tonos púrpuras, verdes, dorados y rojos. Runcorn lo admiró, y no sin franqueza. La riqueza del colorido emanaba calidez, como si proclamara esperanza y abundancia en la estación de la escasez.

Optó por no perder su tiempo ni el de ella con evasivas.

—¿Sabe quién era el padre del hijo de Olivia, señora Costain?

—Sí —dijo Naomi llanamente—; pero usted no lo conoce, y no abrigo el menor deseo de hacerle sufrir ni de arruinar su reputación, de modo que de nada va a servirle insistir. Nunca llegó a saber que Olivia estaba encinta, y ahora se encuentra demasiado lejos de aquí para haber tenido algo que ver con su muerte.

—Percival, supongo —concluyó Runcorn—. No me parecía que fuera el señor Newbridge, pero tenía que asegurarme.

—¿Newbridge? —Se mostró perpleja, casi divertida—. ¡Santo cielo, no! ¿Qué le ha llevado a suponerlo?

—¿Está absolutamente segura? —insistió Runcorn.

—Absolutamente —dijo Naomi con sentimiento—; pero, si duda de mí, puede corroborarlo usted mismo. Se encontraba en Inglaterra por esas fechas, en Wiltshire, me parece. Desde luego, a kilómetros de aquí. Vivía en casa de su hermana y compraba reses, o algo por el estilo. Por aquel entonces le preocupaba más mejorar su ganado que encontrar esposa.

—¿Qué clase de hombre era Percival?

Otra idea empezaba a cobrar fuerza en la mente de Runcorn.

Naomi sonrió y puso una última cebolla dorada en su sitio para completar el juego de luces y sombras del arreglo floral.

—Jamás se me habría ocurrido utilizar las cebollas así —comentó Runcorn.

—Hay que usar lo que se tiene —respondió Naomi—. Y las cebollas aguantan muy bien. ¿Que cómo era? Pues era divertido, estaba lleno de ideas, con una imaginación capaz de hacerte reír y llorar a la vez. No es que fuera particularmente guapo, pero su rostro era excepcional, y tenía una sonrisa que le iluminaba los ojos y te hacía sentir que podías sobrevivir a cualquier cosa siempre y cuando le gustaras.

—¿Y Olivia le gustaba?

Runcorn no deseaba oír que no; no obstante, si ésa era la verdad, tenía que saberlo.

Naomi miró hacia otro lado.

—¡Oh sí!, tanto como él a ella, diría yo. Pero era joven y pobre, un soñador. Pasarán años hasta que pueda permitirse casarse, si es que alguna vez lo consigue. Y no era apropiado para una muchacha de alta alcurnia como Olivia. Mi esposo aspiraba a una posición más elevada de la que pudiera ofrecer a su hermana un trotamundos sin un céntimo. Mi suegra era una dama —agregó—. Poco dinero, pero un linaje que se remontaba a tiempos de los normandos. —Suspiró—. Lo cual no deja de ser un poco ridículo, si se para a pensarlo, pues todos tenemos un linaje que se remonta hasta Eva, o no estaríamos aquí. Me trae sin cuidado quiénes fueron mis antepasados, sólo me importa lo que soy porque ahí sí que puedo hacer algo al respecto.

Runcorn la miró de hito en hito. Naomi le sostuvo la mirada.

—¿Me está preguntando si Olivia se habría casado con él? Lo habría hecho, pero él tuvo el tino de no pedírselo. Newbridge, en cambio, sí lo hizo, y ella lo rechazó. Con gentileza, espero.

Ahí lo tenía, más claro imposible. Newbridge le había ofrecido todo lo que tenía y Olivia lo había rechazado. Y John Barclay le había contado que ella había estado dispuesta a acostarse con un explorador sin tierra ni familia y a traer al mundo a su hijo ilegítimo. Para Newbridge, sin duda eso fue el colmo de la ofensa; no sólo a su amor, sino a su linaje, sus valores y su virilidad. Ahora sólo quedaba seguir el rastro de sus actos la noche de la muerte de Olivia, quizás incluso encontrar el cuchillo o demostrar de dónde faltaba, o la ropa que había llevado puesta y seguramente destruido.

Faraday tenía autoridad para hacer esas cosas. Runcorn dio las gracias a Naomi y se marchó. El día era tan frío que el aire escocía en la piel y el soplo del viento era como hielo a través de los pliegues de su bufanda.

Faraday llevó a cabo la investigación y las últimas piezas del enigma encajaron como Runcorn había sugerido. El cuchillo estaba escondido en uno de los establos. Tuvieron que esmerarse, pero hallaron rastros de sangre; y Trimby corroboró que la forma de la cuchilla casaba con las heridas. Más comprometedor aún, encontraron las cenizas de la ropa que Newbridge llevaba aquella noche. No había suficientes restos para identificarla, pero el traje en cuestión había desaparecido y Newbridge no pudo explicar su ausencia. Quizá consideró la posibilidad de sostener que lo había regalado, pero no había nadie que pudiera respaldarlo. La verdad estaba terrible y angustiosamente clara.

A media mañana Newbridge fue arrestado y trasladado a los calabozos de Bangor. Faraday dijo a los periodistas y al público congregado que el caso estaba cerrado y que se haría justicia. La verdad se daría a conocer durante el juicio, en su debido momento. Entretanto, la solución estaba clara, y habló en nombre de la familia de Olivia y de toda la gente de Anglesey cuando les recordó que al día siguiente era Navidad. Pidió un respiro para que todos ellos, aunque fuese brevemente, celebraran la festividad y dieran gracias por el nacimiento de Cristo y por la esperanza en el perdón y la renovación en el mundo.

Runcorn se hallaba entre la multitud y agradeció sinceramente que se hubiese alcanzado una solución que traería justicia y consuelo. La admiración por Faraday era palpable, se había ganado un nuevo respeto que iba más allá del cargo que ostentaba. Respetaban al hombre por la paciencia y la astucia de que había hecho gala. Creían en él. Nunca olvidarían aquello, y Dios quisiera que fuese el caso más horrible que Anglesey conociera jamás.

Faraday no mencionó ni una vez el nombre de Runcorn, y mucho menos dio a entender que había sido él quien había dado con la solución.

Runcorn se apartó del gentío y echó a caminar hacia la vasta extensión de agua. El sol poniente hacía que el enorme arco del puente pareciera un calado negro tendido sobre el cielo, atravesado por los ardientes colores del ocaso que pintaban el estrecho.

Ahora se marcharía. Melisande estaba a salvo. Barclay era un hombre superficial y manipulador, un hombre de una crueldad innata, pero Faraday la protegería de él. Era lo mejor que cabía esperar. Al menos ahora Faraday no tendría que seguir demostrando su propia valía. La gente estaría convencida de que había tenido éxito y, por tanto, Barclay tendría que refrenar cualquier crítica contra él. Lo menos que podía hacer Runcorn era dar su bendición a aquel matrimonio.

El viento irritaba los ojos de Runcorn haciéndole pestañear con fuerza. Se negaba a reconocer, ni siquiera ante sí mismo, que estaba llorando. Aunque también sonreía. Era él quien había resuelto el caso, él quien había hallado justicia para Olivia y alguna clase de seguridad para Melisande. Ella nunca sabría que Faraday no había sido tan inquisitivo, o tan exitoso, como daba a entender a la gente.

Runcorn era segundo violín, nunca primero, pero había tocado la melodía más bella. Había permitido que lo guiaran las emociones, y eso no lo había hecho nunca hasta entonces. Aquella vasta tierra limpia y su mar, con su luz, sus horizontes de ensueño, lo habían convertido en un hombre mejor. No necesitaba que nadie se lo dijera. Lo llevaría consigo como un regalo de Navidad mejor que toda la riqueza, los banquetes, los colores y los festejos.

—Señor Runcorn. —Dio media vuelta lentamente. Melisande estaba en el muelle detrás de él, el viento en sus cabellos y la luz del ocaso en su rostro. Tragó saliva, y todo su aplomo se esfumó en un solo instante—. Gracias —dijo Melisande con delicadeza. Tenía las mejillas encendidas, más de lo que el fuego del agua podía reflejar—. Sé que fue usted quien descubrió al asesino de Olivia y sus motivos. Y conozco lo suficiente a mi hermano para adivinar el papel que jugó. Hace mucho tiempo que dejé de pensar que era una buena persona, pero le agradezco que tratara de evitar que conociera hasta qué extremos llega su crueldad.

Runcorn seguía sin saber qué decir. Deseaba decirle que la amaba, que siempre la amaría, y que ningún sacrificio de su orgullo o su ambición sería un precio demasiado alto que pagar por su felicidad. Pero eso sólo habría servido para incomodarla y perder el último hilo de amistad que tenían, y que Runcorn guardaría atado a su corazón.

—Le entregó a Alan todas las piezas, ¿no es cierto? —preguntó Melisande.

Runcorn no iba a contestar. Era la última tentación y se negó a sucumbir. Le sonrió.

—Será un buen policía —dijo, en cambio.

—Eso espero —contestó Melisande—. Me parece que es importante para él. Aunque no será tan bueno como usted porque, seguramente, nunca habrá otro caso como éste. —Respiró hondo y soltó el aire despacio—. Y tampoco es tan buen hombre como usted. A él la verdad le importa menos, y no la busca por ella misma.

Runcorn notó que se sonrojaba. Jamás olvidaría aquel momento, en toda su vida. A partir de entonces, y para siempre, se esforzaría por ser el hombre que le había dicho que era para ella. Deseaba decirle lo grande que era el regalo que acababa de hacerle, que había encendido una llama en su fuero interno que alumbraba cada rincón, cada deseo y pensamiento, pero no había palabras lo bastante grandes, lo bastante elegantes, lo bastante expresivas para hacer justicia a ese sentimiento.

—Señor Runcorn —dijo Melisande impaciente, con el rostro encendido—, ¿tengo que preguntarle si me ama? Es muy poco digno para una mujer.

Runcorn se quedó atónito. Melisande lo sabía. Todo su esmerado disimulo, su esfuerzo por comportarse con decoro no habían servido para nada.

—Sí —dijo con torpeza—. Claro que sí. Pero...

—Pero ¿no quiere casarse?

—¡Sí! Sí que quiero... pero... —Estaba paralizado. Aquello no era posible.

Melisande bajó la vista y se dispuso a dar media vuelta.

Runcorn dio un paso tras ella, y otro más, y le agarró el brazo con delicadeza aunque negándose a soltarlo.

—Sí, sí que quiero, pero no podría casarme con ninguna otra mujer. Cada vez que la mirara desearía que fuera usted. No había amado a nadie hasta ahora y no podré amar otra vez.

Melisande le sonrió.

—No tendrá por qué hacerlo, señor Runcorn. Con una vez bastará. Si tiene la bondad de pedírmelo, será un placer aceptar.

OTROS TÍTULOS
DE LA AUTORA

UNA VISITA NAVIDEÑA

En la Inglaterra victoriana, en vísperas de Navidad, la muerte del intachable juez Dreghorn conmociona el condado de Lake. La versión oficial indica que murió ahogado al tratar de cruzar un arroyo en mitad de la noche. Pero la viuda, que ve su dolor incrementado por las difamaciones que un malintencionado vierte sobre su marido, trata de esclarecer los hechos con la ayuda de Henry Rathbone, un amigo de la familia. Todo apunta a que la muerte del juez y las calumnias de Gower —condenado por un caso de falsificación de documentos— están inextricablemente unidas…

ÁNGELES EN LAS TINIEBLAS

Primera Guerra Mundial, marzo de 1916. Josep Reavley, gravemente herido en el intento de rescatar a un compañero de combate, es enviado a casa, en Cambridgeshire, para recuperarse al lado de su hermana Hannah. La inesperada visita de un amigo común les involucra en un invento que podría neutralizar el efecto devastador de los submarinos alemanes así como en el asesinato de uno de los científicos implicados en el mismo. La idea de que alguien esté filtrando información al enemigo hace imprescindible la ayuda de su hermano Matthew, agente de los servicios secretos británicos.

Anne Perry toma como hilo conductor la trayectoria vital de los hermanos Reavley para realizar el retrato humano del día a día de aquellos que participaron en la Gran Guerra. Sus vívidas evocaciones hacen de *Ángeles en las tinieblas* una novela difícil de olvidar.

LAS TRINCHERAS DEL ODIO

En julio de 1917, tras cuatro años de guerra, el agotamiento se está adueñando del capellán Joseph Reavley y de su hermana Judith, miembro del Cuerpo de Ambulancias. En el frente del Oeste ha comenzado la batalla de Passchendaele, y la paz aún parece muy lejana. La arrogancia y la incompetencia del oficial Northrop, comandante a cargo del regimiento de Joseph, auguran la muerte innecesaria de muchos soldados. Pero pronto es el propio Northrop el que cae, aunque a manos de sus hombres. Judith, angustiada ante la perspectiva de que un tribunal militar ordene la ejecución de los doce hombres arrestados por el crimen, arriesga su propia vida para ayudar a escapar a los prisioneros. Entretanto, Matthew Reavley, agente de los servicios de inteligencia británicos, continúa la desesperada búsqueda del Pacificador, un obsesivo genio que utiliza métodos muy poco ortodoxos para tratar de acabar con la guerra, y a quien considera responsable de la muerte de sus padres. Las distintas búsquedas de los tres hermanos les llevarán a oponer la valentía y el honor a la ciega maquinaria de la justicia militar...